局部之美

虹珊 · 著

中国出版集团　现代出版社

图书在版编目（CIP）数据

局部之美 / 虹珊著. -- 北京 ：现代出版社，2017.10

ISBN 978-7-5143-6518-4

Ⅰ. ①局… Ⅱ. ①虹… Ⅲ. ①长篇小说－中国－当代
Ⅳ. ①I247.5

中国版本图书馆CIP数据核字(2017)第243945号

局部之美

作　　者　虹　珊
责任编辑　杨学庆
出版发行　现代出版社
地　　址　北京市安定门外安华里504号
邮政编码　100011
电　　话　010-64267325　010-64245264（兼传真）
网　　址　www.1980xd.com
电子邮箱　xiandai@vip.sina.com
印　　刷　北京一鑫印务有限责任公司
开　　本　710×1000　1/16
印　　张　13
字　　数　156千
版　　次　2017年10月第1版　2022年7月第2次印刷
书　　号　ISBN 978-7-5143-6518-4
定　　价　39.80元

一

　　当余锦欢第一眼看见梅西娅的时候，就认定了这个
人非同凡响。

　　那天，长着一双杏眼的梅西娅微笑着把单据递给余
锦欢，余锦欢就下意识地别过脸去——她只是下意识地
想要摆脱一种如烟似雾般隐约着的，然而却无所不在的
香气。

　　梅西娅并不是那种一眼望上去就令人感觉惊艳的
人。比如刚才，当梅西娅远远地向自己走来的时候，余
锦欢并没有觉得有什么异样，直到她站定在自己的桌
前，余锦欢和她的眼睛近距离对视了几秒之后，才明白

了自己为什么会有一种本能的回避。作为会计，余锦欢见过无数微笑的脸孔，但还没有哪一张脸孔绽现的微笑有这么经看。

余锦欢对女人最高的评价就是经看。那个上午，她看到了梅西娅的嘴角浮现出两道淡淡的弯弧，像水的波纹一样慢慢地扩散开去，精巧的鼻翼略略打开，杏眼微微眯起，眼角轻轻上翘，就忍不住在心里感叹："多么经看的女人！"某种香气暗暗袭来，正是从两道弯弧里钻出来的香气。

余锦欢以早到一年的经验，猜想这种人十有八九在总经理工作部工作。果然，梅西娅拿来的单据都是总经理出差上海的飞机票，报销单据填列的各项内容也都准确无误，蓝黑墨水的字整齐中透着昂扬。练过几个月书法的余锦欢看出来了，这字里有那么点儿北宋蔡京瘦金体的意思。但是，这种意思很淡，就好像是脚手架刚刚搭好，工程却被宣布戛然而止一样。余锦欢顿时就轻松了一些，自己写的是欧体，不说神似，形似却还是有个五六分。凡是见过她钢笔字的人，哪个不夸？

人一轻松，就有了说话的欲望。余锦欢问："才来的啊？还没见到过呢。"

"是啊，上个星期刚分来的。以后还请余姐多多关照。"梅西娅仍然微笑着。

余锦欢心想，真不愧是做秘书工作的，才来一个星期，就把这里的情况摸得清清楚楚了，连自己这个虾兵蟹将的姓名都知道。

大大小小十张票据，余锦欢却数成了九张。余锦欢决定不说话了。

梅西娅却小声道："余姐，不瞒你说，我也是学财会的呢。"

余锦欢脱口问道："那你怎么没做财务？"

话一出口，余锦欢就后悔了，她最瞧不起自己像个冲天炮，藏不住掖不住的。人家不做自己的本专业，就是走更接近领导的捷径嘛，自己却问那么多，多愚蠢啊。一念至此，余锦欢赶紧低下了仰着的脑袋，噼里啪啦打起算盘来。

梅西娅的牙齿白灿灿地晃了一下，笑吟吟地说："我不喜欢和数字打交道，看见数字就头痛。说实在的，我蛮佩服做财务的人，不管在什么时候，他们都胸有成竹有条不紊，像我这样的人，就做不来。"余锦欢一下子就舒坦了——浑身浸着高贵之香的梅西娅，原来也用普通话说"蛮"这个字儿呢。

这个字儿无形之中就拉近了梅西娅在余锦欢心中的距离。余锦欢出生于鄂西南的大山里，老家人都喜欢说"蛮"，蛮好，蛮不错，蛮喜欢……城里人喜欢用的"很""挺""十分""非常"等表示程度的副词都被老家人用一个"蛮"字浓缩了。浓缩就是精华，就这么一个字，表达得多精练多贴切啊。

梅西娅的话无疑是蛮中听的，夸她余锦欢也是不露声色恰到好处。余锦欢以最快的速度做好了凭证，然后亲自带着梅西娅到财务经理那里审核盖章，最后找出纳开出了现金支票。梅西娅一直跟在她的身后，微笑着，不说话，直到接过支票，才说了声"谢谢"。在她拉开财务室的门时，又回过头来，望着余锦欢，牙齿再一次白灿灿地闪了一下。余锦欢想，自己若是个男人，怕是早被这倚门回首的一招儿勾了魂儿去了。

她们就这么好上了。起初，余锦欢对自己把梅西娅认作朋友是不满意的，心里总有那么一点儿若有若无的别扭。梅西娅谨慎、冷静、客观、洞若观火却不爱多言，微笑是她抵挡一切的利器，所以她总是显得无往而不胜。就是两个人就着长江的风，在地皮摊儿上一起吃又酸又辣的烤鱼，讲到兴高采烈处，梅西娅也不会像余锦欢那样眉飞色舞，让唾沫星子在空中自由飞翔——梅西娅总是右手捂嘴左手按胸，微微低下头，浑身乱颤。

每次笑完了，余锦欢就跟自己生气，为什么就非要与这么个优雅人儿坐在一起呢，为什么就自觉不自觉地当上了东施？

生气归生气，两个人还是最要好的姐妹。余锦欢自信，她对梅西娅的这点儿花花肠子，梅西娅是不可能知晓的。其实，进入这家红透宜昌城的东升纸业集团，自己不过是森林里的草，那些人又有哪一个正眼瞧过自己？他们不过是瞧着自己背后当城建局副局长的大伯而已。可梅西娅不是，她诚诚恳恳，知冷知热，从不摆什么花架子，吃喝玩乐也不铺张，都就着你余锦欢的意思。

更难得的是，她从不说是道非，自己这么个心直口快、善良透顶的脾气，跟梅西娅待在一起就等于是待在了和煦的港湾里，十分安稳自然。这么一分析，余锦欢就经常在心里头原谅了自己的那点女人对女人本能的、小小的不满，当然，更原谅了梅西娅。于是，梅西娅就处处受着余锦欢的照顾。也正是有了这种照顾，余锦欢才感到平衡。不是吗，在日常生活中，我余锦欢还是要强于梅西娅的，你瞧，她处处受着我的照顾哩。余锦欢就这么隐秘地满足着。

说照顾也不过就是日常生活中的点点滴滴。比如遇上力气活儿，比如到食堂打饭菜，比如抢开水，等等，当然更重要的还是体现在人身安全这方面。余锦欢身高一米七，比梅西娅要高五厘米，两个人常常形影不离，倒也正好显示出余锦欢的强势来。比如在长江边散步，余锦欢总是走在靠近树的这一边，而让梅西娅走在靠江的那一边。余锦欢的理由是，靠近树的这一边一般都是居心叵测之人的出没场所，而临江的那一边除了三三两两的垂柳和齐腰的水泥隔离带，再就是浩浩奔流的江水，要安全多了。

想起来，两个人待在一起的那些时光该是多么美好。夏天，梅雨季节如果来得早，一般从五月底开始，江水就开始上涨了。这时，大量的漂浮物已经被上游十多公里处的大坝拦截了，顺着江水挟裹而来的，就是些漏过拦污栅的花瓣儿、小树枝、落叶和稗草，它们与泥沙混缠着，在水边儿颤抖着向前，此时的长江，多像是风驮着的一匹宽宽长长的淡黄色绸布在奔跑啊。

"你看，这些被水携带着的流浪的东西多么幸运，衰颓也好，凋落也好，它们终归是要腐烂的，而在腐烂之前，依然能够流浪，能够抵达一个新鲜而陌生的前方，把关于死亡的哀伤从生养自己的地方带走，不是更可以减少一些不必要的痛苦吗？"这是梅西娅有一次对着江水向余锦欢发出的诗一般的感叹。那时，她们正坐在大堤上，把脚伸在水里，长江之水就这么从她们的脚趾间流淌过去，先淌过余锦欢的，再淌过梅西娅的，那些花草枝叶偶尔也会调皮地划过她们的皮肤，然后又羞涩地打着旋儿离开。梅西娅感叹了，就说了这些关于生生死死的话。

余锦欢觉得梅西娅又在做不切实际的梦了。梅西娅经常这样，喜欢睁着眼在大白天或者灯光下做一些不切实际的梦。余锦欢就把笑捂在肚子里，心道：要是人们都像你一样，要么做呆子，要么做神经病一样的诗人，这世界该怎么办啊。好在梅西娅对着余锦欢发感叹的时候并不多，除了在江边散步时极偶尔地说几句，一般都把这些感叹写在一个硬本上——封面是一张小男孩与小女孩手挽手在沙滩上走路的灰白色照片。这个本子梅西娅极其宝贝，从来都是躲在蚊帐里写写画画。

余锦欢刚开始也很不满，能有些什么秘密嘛，非这么藏着掖着？简直像个幼儿园的小朋友，至于吗？所以，每当梅西娅躲在蚊帐里翻看那个本子，或者躺在蚊帐里发呆的时候，余锦欢就觉得委屈，自己从没拿她当外人，瞧瞧人家，可有着自己独立的世界呢，你余锦欢算老几啊，压根儿就进不去哪。委屈的次数多了，就变成了不屑，喊，有什么了不起啊，花边儿的梦谁没有啊，只不过我余锦欢要活得实际一点儿罢了。再后来，就又原谅了，每个人都有自己丰富的内心嘛，人家是写，你余锦欢是说，表达的方式不同嘛。

秋冬季节，当两个人在江边散步时，梅西娅更不愿意走来走去了。她只喜欢静静地坐着，看对面绰绰约约的山，或者看星星点点的灯火在水里摇曳，或者什么都不看，就对着江水发呆。江水在这时也早已褪尽了雄浑之气，特别是入了冬，更是消瘦成窄窄浅浅的一江碧水了，几乎看不出波涛的更迭。对面的山，在深黑的夜晚，只是更浓重的阴影，像静立的怪物，只有停泊在江面上的船，透出点点橘黄色的光，让人觉出人世的温暖。一切都是静默的。散落在斜斜的堤面上的恋人们，在无声地纠缠着，经过身旁的散步的人，也是脚步轻轻的，或者悄声细语着。这个时候，余锦欢就觉得，原来，梅西娅与这一切是多么契合，就像树绿在春花开在夏叶落在秋雪飘在冬一样，是那么的和谐与自然。

就是从那个秋天开始，余锦欢明白了，梅西娅为什么有一种淡淡的高贵之香，那是源自于她静静的思虑，这种思虑给她烙上了一种淡淡的纯净与浅浅的忧郁。也是从那个秋天开始，余锦欢决心要效仿梅西娅，要让自己变得沉静一些。然而，余锦欢很快就发现，这种所谓的优雅是学不来的，自己的血液里总是流淌着不安分或者称作简单的因子，这让余锦欢很是沮丧。

不过，没过多久，这种沮丧就被余锦欢忘记了。爱情让一切都变得生气勃勃。余锦欢谈恋爱了，她爱上了李林培，并且坚信他就是自己全部的未来，所以沮丧也就一溜烟儿地跑了。

余锦欢与李林培秘密交往了十多天之后，自以为有十分的把握了，这才带着他出现在梅西娅的面前。那天晚上，三个人通力合作，洗切炒拌，忙得不亦乐乎，弄出了一桌子菜：豆瓣鲫鱼、青椒肉丝、酸辣土豆丝、红烧豆腐、凉拌三丝，还有一碗西红柿鸡蛋汤，三个人吃得热火朝天，心满意足。李林培本来说要请她们俩下馆子，然后再到丽丝舞厅去跳舞，可余锦欢不同意，说："你的工资虽说比我高那么几十块钱，但高上天也不过三百五十元，再说了，在外面吃要花那么多钱，又不卫生，还不如自己做了吃安全健康。"

余锦欢有一肚子的论据足以论证她的观点。这一年多来，自己不就是与梅西娅搭伙，吃得舒舒服服吗？最明显的例子就是，如果那个月没什么同学聚会或同事结婚请客，在固定存入银行五十元之后，每个月还能省下三四十块钱呢。这三四十元如果总是顺延到下一个月再去花，该是多么得心应手随心所欲心安理得啊。与梅西娅在长江边的地皮摊儿上吃烤鱼或者溜进丽丝舞厅跳舞的钱，就是这么来的……余锦欢终究没说出来，出于本能，她不想在李林培面前过多地说到"梅西娅"这三个字。

李林培说："你说的当然不错，可是这样我也太没面子啦，这可是第一次到你们宿舍呢。"余锦欢没说什么，只抠了抠他的食指，算是作答。

喝蛋汤的时候，余锦欢就想，李林培的工资比自己高一点儿，也就意味着每个月的固定存款可以增加了，他存六十或者七十，自己存五十，这日子过下去，还是蛮滋润的。所以，饭后，李林培说："走，跳舞去！"余锦欢就没再犹豫，拉着梅西娅，笑嘻嘻地看着李林培很豪爽地掏出三元钱，买了门票。

请梅西娅跳舞的人还真不少，可是，总是微笑着的梅西娅并不活跃，她喜欢选择靠左角的位置，那里的光线最暗，她就在阴暗的光线里欠着身子拒绝一个又一个弯下腰的男士。即便是那天晚上，梅西娅也只是坐在那里小口小口呷着菊花茶，仅仅是礼节性地陪着李林培跳了一曲慢四。

一回到宿舍，余锦欢就迫不及待地问梅西娅："怎样？"

梅西娅正端着漱口杯，提着红色塑料桶，打算去澡堂了，对余锦欢的问话像没听见一样，整个一副没心没肺的样子。

余锦欢就急了，拽着梅西娅的胳膊，十分不满："哎，人家问你呢，到底怎么样啊？你倒是说话啊！"

梅西娅蹙了蹙眉说："我没什么意见，听听你父母的意见才是最重要的。"

"爹妈当然是要看的了。可今天是专门带来给你看的，你却又不说。"余锦欢见梅西娅如此冷淡的样子，心里有些七上八下了。

梅西娅望着被余锦欢抓在手里的胳膊，笑了："真想听我说啊？那也不至于要来个刑讯逼供吧？"余锦欢只好丢开手。

"瞧瞧啊，恋爱就像猫爪挠心一样令人难受哟。"梅西娅咯咯地笑起来。余锦欢的脸唰的一下子就红了。

"现在你能听进去什么样的意见？"梅西娅把杯子放进桶里，伸手打开门，正色道："其实，你是希望我顺着你的想法去说呢。"

余锦欢心沉了一下，看样子，梅西娅并不看好李林培。但她还是无法绕过梅西娅的感受。她总是这样，对梅西娅的判断能力一直坚信不疑，甚至超过相信自己。

梅西娅扶着门框，看着余锦欢，说："欢姐，别沉迷了，他是一个典型的小市民，你们在一起不合适。"

余锦欢还以为是什么严重的话，原来不过如此。小市民怎么啦？不就是小市民吗？自己从大山里面走出来，不就想做一个小市民吗？嫁了李林培，也就意味着自己小市民的身份越发稳固了。余锦欢松了一口气，就伸拧了一把梅西娅的腰，顺手一推："就这么点儿印象啊？人家这顿饭算是白忙活了。去吧去吧，洗你的澡去。"

梅西娅没有笑，而是欲言又止的样子。余锦欢看见了，心里头就搁下了那么一点点说不出的不舒服。但"小市民"这句无关紧要的断言，已经足以让余锦欢满足和欢喜了，就像排队等候结论的病人，终于听到了医生轻描淡写的病情诊断。

在恋爱的季节里，余锦欢像春天的庄稼一样，每一天都蓄满了胀鼓鼓的喜悦。一个多月后，余锦欢就带着李林培去见自己的大伯。

大伯一直颇有兴致的样子，十分专注地倾听李林培的讲述。饭桌上，大伯问余锦欢："小欢啊，跟你爹妈说过了没有？"

余锦欢老老实实地回答道："还没呢，想先听听大伯您的意见。"余锦欢本来想表达得幽默点儿，可是，话到嘴边又改了。她总是觉得今天十分反常，所以不停地在心里提醒自己，一定要小心谨慎才是。

　　大伯是大爷爷的儿子，余锦欢在这个城市的财经学院读书的时候，每次回家，爹都要她背很多的腊肉、腌笋之类的，给大伯家送去。大伯有一儿两女，每次余锦欢背着这些用蛇皮袋装着的山货叩响大伯家的门时，就暗暗祈祷，可千万别碰上他们。

　　偏偏大婶一见余锦欢来了，就要打电话满世界寻找这三个人，说山里的腊货香，是难得的菜肴，一定要一齐聚聚，尝尝鲜儿。儿子尽管很少正眼瞧余锦欢，倒也不说什么多余的话。女儿们就不同了，在饭桌上，她们总是皱着眉头埋怨大伯大婶："让你们少吃这些东西，你们就是不听，放着好端端的新鲜菜蔬不吃，却偏要吃这些烟熏火燎的东西。"大伯有时摇摇头，说："什么时候把你们带回老家看一看就好了。"

　　他们终究没有回老家看一看。后来，余锦欢去送这些东西的时候，大婶就不打电话找他们回家了，再后来，大婶就对余锦欢说："小欢啊，别送这些东西了。让你爹妈留在家里吃吧，他们弄得蛮辛苦的，再说我们也吃不了那么多。"余锦欢听出了话外音，就跟爹说再不要带这些东西了。爹却固执己见，说那是大婶不好意思呢，还怪余锦欢不懂事。

　　余锦欢就继续往学校背这些东西。但送给大伯家的，就只是一小部分了，她把大部分都送给了住在这个城市里的同学们。

　　毕业分配那会儿，爹亲自来到了这个长江边的繁华都市。他扛了两蛇皮袋的东西，除了干笋干豇豆黄豆红小豆芝麻油，还有七月桃。七月桃又白又大，咬一口就脆嘣嘣地响，汁水四溅。七月桃树长在余锦欢家场院的左角边，不高，结了桃子伸手就可以摘下。七月桃虽然味道甜美，个头大，但数量少，最丰收的年份，最多也就结五十来个桃子。这是村子里唯一的一株七月桃树，每年，不管丰收与否，打下了桃子，爹都会慷慨地分给左邻右舍，到头来，留给自家的，最多也就一人两个。

"今年肯定一个也没分给别人。"余锦欢看见那一蛇皮袋桃子就直流口水。但她压根儿就不敢开口要。

她跟在那一袋子七月桃后面，进了大伯的家。那天晚上，大伯关上书房的门，和爹谈了很久很久。

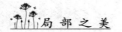

二

没过几天，东升纸业集团到学校招人，系主任宣布了面试人员名单，余锦欢名列其中。面试的时候，其余九个同学都或多或少回答了几个提问，唯独余锦欢没有。两个戴眼镜主持面试的家伙看了一会儿招聘表，然后抬起头，对着余锦欢点了点头，示意她站到已被面试的队列中去。

余锦欢因此很不自在。那个时候，她真是恨自己长得太高，又不瘦，站在一群娇小玲珑的女生队列里，越发显得牛高马大。

但是不久通知就来了，通知她于 1994 年 7 月 1 日到东升纸业集团报到。前提条件是，报到时需交一千元人民币的城市增容费。

余锦欢不想留在这个城市了。按照国家统一分配的政策，如果再稍微想想办法，也许她就可以回到县里的财政局上班，再不济也可以回到镇上的财政所。

但大伯发了火。他说："小欢啊，你以为留在城市里工作是一件很容易的事？撇开别的不说，也替你爹妈想想吧，他们勤扒苦做，图什么？你读了这么多年的书，总不能像你哥你姐一样一辈子窝在山里头吧？这一千元怎么了？一千元就把你给吓回去了？交了这一千元，就可以换来你一辈子的城市生活。眼光要长远一点嘛。"

在记忆中，这是大伯对她说话最多的一次，而且使用了一连串的问句。余锦欢张着嘴望着大伯，仿佛听见一个又一个的问题像突突突扫射而来的枪声。

像枪声一样的问题是无须回答的，每一次射击都可能致命。余锦欢就觉得自己确实目光短浅，怎么能因为这一千元而忽视了爹妈最迫切的希望呢？哪怕这一千元他们要东挪西借好一阵子。作为一个副局长的大伯，要说出这么多如此家常的话，怕是要冒风险的。何况，为了她能够被这座城市接纳，毫无疑问，大伯肯定是也冒了更大的风险。

一想到这些，余锦欢就热泪盈眶。

余锦欢顺利进入了东升纸业集团。只是那一千元的债，按每个月五十元的存款计划，也得两年才能还完。不过，已经是工作的第二个年头了，而且，以后还有李林培呢。

李林培虽说是在东升纸业集团下属的贸易公司，但收入比自己高，更重要的是，他是土生土长的本市居民。

在把土生土长的本市居民作为自己的选择对象这一点上，余锦欢毫不含糊。虽然她对所谓的人生伴侣还从来没有特别明晰地勾勒过，但她认为，老居民与新居民有着本质的区别，就像一棵树，地下的根系扎得越深，就越经得起风吹雨打，它的枝枝叶叶也就越茂盛，属于它的空间领域也就越天高地阔。

从留城的那一天开始，余锦欢就暗下决心，她余锦欢一定要活得像模像样，一定要让爹妈放下握了一辈子的锄头把，能够来到这座城市里安享晚年，再怎么着，也得让爹可以在长江边望望长江，散散闲步，让妈像大婶一样，可以提着篮子自由地出入菜市场，吃上别人种的蔬菜。

为此，余锦欢像一个资产评估师那样，认真且客观地把自己评估了一番：论外貌，长相普通就不说了，身材更是让一米七五以下的男人望而生畏；论才识，除了财会大专毕业，没有其他任何特长；论工作能力，自己也就只能老老实实按部就班做好几本账。余锦欢认为，自己并没有多少上升的空间，能把将来的日子过安稳，也就足够了。

所以，在一次同事的婚礼上，当同桌的李林培暗暗地向自己表示关注之后，余锦欢就通过贸易公司的会计打听李林培。

每次到集团交财务报表，贸易公司的会计总要蹿到余锦欢的办公间，私语好一阵子。这样的结果，是贸易公司诸多要办理的财务手续，大部分都由余锦欢代劳了。会计说，李林培一表人才，能说会道，说李林培家人丁兴旺，父母双全，还有两个弟弟一个妹妹，说李林培家亦工亦商，这样的家庭才真正经得起摔打……

　　李林培身高一米七六，身材偏瘦，椭圆形的脸，鼻子端正，嘴巴略小，最令余锦欢着迷的是那一对单眼皮的大眼睛，它在看人时，常常露出几分痴迷的样子，这让被看的对象总是有些不好意思但又窃喜不已。那天，当他们从同事的婚宴上分手之后，余锦欢就把那双眼睛刻在了脑袋里。

　　他们开始频频约会。在接受梅西娅的检阅之后不久，李林培开始每天早上给余锦欢送早餐。还是春末的天气，天空中还游荡着几丝苟延残喘的寒风，李林培就用保温桶，外面再套上一个布袋，捂在胸前，挤上 5 路公共汽车，历经十来个停靠点，眉开眼笑地站在余锦欢的宿舍楼下。

　　然后，两个人一块儿走进集团的大食堂，坐下来吃这份从集团食堂之外生产的早餐。一食堂的人都拿羡慕的眼光瞅着他们。

　　余锦欢觉得自己简直就是那天上飘荡着的白云，在太阳的照耀下，有说不出的温暖和满足。

　　算算，两人的交往已经快两个月了，李林培也应该让大伯过目了。反正自己看准了他，迟和早，都是要过这一关的。

　　看来一切顺利，大伯一直在微笑，李林培一直在滔滔不绝。这正是他最了不起的地方，用贸易公司会计的话说就是"能说会道"。

　　也难怪，李林培从十八岁就开始闯荡，满肚子都是社会经验，故事一个接一个。瞧，他讲得多带劲儿啊，神采飞扬，像老家屋旁那条夏天涨水的小河。余锦欢在厨房里帮着大婶收拾杯盘碗碟，心情却随着李林培的声音欢快地流淌着。

　　两个人临走前，大伯叫住余锦欢，说："小李先在楼下等一会儿吧，我和小欢说几句话。"

大伯说："小欢啊，看样子，你已经考虑清楚了？说说吧，你主要欣赏他什么？"余锦欢知道，这又是不用回答的问题，所以就沉默不语。

果然，大伯继续说道："你既然把他带到家里来了，我就有责任说明一下看法。"余锦欢听出来了，大伯的意思是因为他是她的大伯，所以就不得不有所表示。

"小李的优点就不用我说了。我只说两点，第一，他是高中毕业，受学校的教育不够；第二，喜欢夸夸其谈，自以为是，不实在，欠沉稳。我认为，你应该首先征求你爹妈的意见。"大伯最后总结道："当然，我说的这些只代表我个人的观点，你的事情，还是你自己做主。"

大婶附和道："是啊，小欢，你可要考虑清楚，这可是一辈子的事情啊。"出门的时候，大婶拽了一下余锦欢的袖子，说："小欢啊，作为一个女孩子，结婚前，可一定得把持住啊。"说罢，久久地看了她一眼。

这一眼让余锦欢很不舒服，与其说是提醒，倒不如说是有所怀疑和期待。以至于余锦欢把大伯因为不得不有所表示而提出的忠告完全忘掉了，脑袋中就只剩下了大婶那意味深长的一眼。

余锦欢觉得自己像受到了侮辱一样，而且这种侮辱还说不清道不明。

余锦欢没有像过去一样把这些汇报给梅西娅。她有了私心，似乎有点类似于梅西娅躲在床上写写画画的情形，而且，她还暗暗决定要尽快确定婚事，因为她担心自己抵挡不了李林培越来越密集的攻势，这种攻势不仅是情感上的，还有来自身体上的。

　　她发现自己和李林培一样，当两个人待在宿舍的时候，就越来越希望梅西娅不要出现。有一次，说着说着话，李林培就把嘴唇凑了过来，再后来，自己竟然情不自禁地躺在了浑身颤抖的李林培的身体之下。这时，如果梅西娅直接开门而进，自己恐怕就真的中了大婶那一眼射出的有毒之箭。

　　好在梅西娅老远就把高跟鞋踩得笃笃笃直响，嘴里还哼着什么歌，走到门口的时候，她还似乎找了好大一会儿钥匙，最后才打开了门。趁着这个当儿，两个人都已经匆忙地抚平了被压皱的衣服，余锦欢也已经红着脸起身倒水去了。

　　接下来的那个周末里，余锦欢请了假，带着李林培回了趟老家。爹妈看到李林培，比看到在广州打工的哥哥余荣军回来还要高兴，简直乐得合不拢嘴，还直催促他们两个尽早把婚事儿办了。

　　看到爹妈宝贝似的招待李林培，余锦欢高兴得不得了，要知道，爹妈的满意胜过一切呢。他们说，欢欢，小李蛮不错的，能说会道的，待人又热情，你将来可要好好待人家，好好跟他过日子。

　　余锦欢心里暖烘烘的，就越来越担心自己把持不住。所以，一回到城里，余锦欢就催促李林培尽快带她去见未来的公婆。

　　在这之前，李林培从来没有表示过要带余锦欢去见自己的父母。余锦欢暗示过几次，但李林培说，只要两个人真心相爱，跟其他任何人都没有关系，见父母不过是早晚的事儿，不急。这样的态度，让余锦欢既高兴又委屈。高兴的是李林培爱她爱得坚决，连父母的意见都懒得在乎。

　　至于委屈却有点说不上来了。究竟委屈在哪里？是不是有点儿名不正言不顺的？余锦欢自己也弄不清楚，也不过就是那么一点点感觉而已。

但这次不同了，这次余锦欢刚一有所表示，李林培就用嘴唇堵住了她的话，把她放倒在床上。然后对她耳语道："知道啦，傻瓜，你不说我也安排啦，我们后天就去。"

李林培呼出淡淡的口味，热乎乎地从她的脸上吹过。余锦欢开始犯晕了，她没再躲避李林培肆无忌惮的双手，任由它们在自己的身体上一寸一寸地游走。她内心涌起强烈的渴望，像深夜里大风吹过松树林，一波又一波，一浪又一浪。

但是，这种渴望过于来势汹汹，它让余锦欢惊慌失措、不知所以，最终害怕与羞涩占了上风，她不知该怎样去反应，她只觉得失去了力气，像棉花一样，只剩下了摊开与铺展。

余锦欢就这么稀里糊涂地把自己交给了李林培。血色的纸巾被水冲走，那些从自己的身体内部长成的红艳之花，注定在盛开的那一刻就永远失身于暗不可测的下水道。余锦欢在清理那些东西的时候，差点儿掉下泪来，自己怎么就真的掉进了大婶那深井一般的预言呢？

没有掉下的眼泪最后终于在见了未来的婆婆之后欢快地掉了下来。婆婆住在这个城市的中心地带，翰林路 53 号，距余锦欢上班的地方十来公里。

原来，李林培带给自己的早餐都是从这里出发的吗？远远地望见那个巷子时，余锦欢就想起那些让自己感觉无比甜蜜的食物，眼睛就热了一下。

婆婆住一楼，阳台被开辟成了小商铺，卖些日用品和小食品。李林培带着余锦欢从商品中间穿进去，走进暗影憧憧的客厅，夸张地喊："妈，我们回来了。"

没听见婆婆的声音。李林培示意余锦欢坐下，自己则向厨房走去。

婆婆终于出现了：宽大的黑色珠丽纹长袖上衣，肥硕的荷叶边从小 V 形领口一直铺到了整个胸部，同样宽大的黑色长裤，裤角像打开的扫帚，拖在地上，那张阔大的、白惨惨的脸像蜡一样，垛在整个黑色的上面。当这个被黑色包裹的躯体一起一伏地向余锦欢慢条斯理地挪过来时，余锦欢感到阴暗的空气好像正在被黑色的蚯蚓搅动着。说不清是不是恐惧，余锦欢忍不住心跳加速，她本能地从冷硬的木头沙发上弹跳起来，嘴巴张了好几次，才挤出了三个字："阿姨好！"

婆婆的整个头部并没有转动一下，脸上更是不见丝毫的表情，只有眼珠来回转了几次，从上到下把余锦欢睃了几眼，最后才低下头，盯住她的肚子。好半天，她才又慢腾腾地扭过头，对李林培道："叫阿姨恐怕不合适吧？该叫妈，是吧？嗯？！"

李林培搓着手，讪笑着说："妈，你说得是。"

婆婆却陡然转过身，扯开李林培，谁也不看一眼，一起一伏自顾自向厨房走去。到了厨房门口，才把声音甩回来："收拾桌子，吃饭！"

余锦欢的眼泪忍没忍住，啪嗒啪嗒掉了下来。她觉得有根神经被刀尖戳破了。

这根神经曾经被大婶刺过一次。余锦欢痴愣愣地在客厅里站了好一会儿，一直到李林培喊："欢，吃饭啦。"

厨房还真不小，李林培一直没有露脸的两个弟弟和一个妹妹现在都站在桌子旁，列队等候余锦欢走进来。

站着不言语的弟妹们和坐着不开腔的婆婆一起构成了山一样的气势，余锦欢的心怦怦直跳。好在李林培走过来，拉着她，绕过妹妹，让她在自己的身边坐下。婆婆拿起筷子，说："吃饭！"

于是开始吃饭。五盘炒菜摆在一个脱了漆的圆桌上，胡萝卜炖鸡在煤炉子上咕嘟着。余锦欢离煤炉子最远，吃根鸡翅膀得由李林培转运。

告辞的时候，余锦欢对婆婆省去了称呼，只说："我们走了。"婆婆没有从沙发上站起来，却咧着嘴笑了一下，眼睛看住余锦欢，话却是说给李林培的："老大，人是你的，婚也由你自己结，别指望老娘。"

李林培一边说好的好的，一边就拽着余锦欢往外走。弟弟妹妹一窝蜂地跟在后面，到了阳台上，就齐刷刷地停在铁门边，直盯盯地望着他俩走了出去。

回头望望这个翰林路53号，余锦欢觉得脊骨缝里直往外冒凉气。李林培拥着她，拍着她的手，说："欢，别在意，我妈被车撞过，左脚坏了。"

左脚坏了又怎么？总不至于影响到说出的话、看人的眼光、揣摩人的心思都一股脑儿全坏了吧？余锦欢在心里激烈地争辩着，嘴上却什么也没说。

两个人慢慢走到了滨江公园，余锦欢心情灰暗得要命。她现在只想尽快回到宿舍，跟梅西娅待在一起。

但李林培不让，央求道："欢，多待一会儿吧，你走了，我就得回家，我可不想回去。"余锦欢想起早餐，仿佛那是一朵残留的火花，就问："我吃的早餐是哪儿来的？"

余锦欢一脸的期待。李林培觉得奇怪，道："怎么啊？翰林路那条巷子里到处都有早点摊嘛。"然后抠着她的手指说："欢，现在我天天买早餐给你吃，等我俩结婚了，我可要天天吃你亲手做的早餐。"

余锦欢明白了，那些早餐，既不是李林培做的，更不是未来的婆婆做的。想想也是，李林培一个单身大男人，怎么会给自己做早餐呢？婆婆就更不会了，人家好歹是个长辈呢。在事实面前，余锦欢开始为自己的不安和矛盾寻找逃遁的理由。

是李林培的行动让自己有了错误的预期……李林培见余锦欢情绪低落的样子，就坐在公园的长椅上，然后拉她坐在自己的腿上。

李林培摩挲着她的头发，说："欢，我知道你心里不舒服，可你想想，结婚是我们自己的事情，管别人呢？我相信我的欢只在乎我这个人，而不会在乎其他的什么……"

李林培又在滔滔不绝了。他说得都对，可是……余锦欢总觉得疙疙瘩瘩。

各种各样的歌声从停泊在江边的船只上传来，五颜六色的灯光在水里扭来扭去，这是繁华的水上世界，是流浪的短暂着陆，明天，这些灯光映照下的歌声又将漂向哪里？它们知道方向吗？

但是现在它们听起来是多么快乐。李林培的手从余锦欢的脖子上滑下去，伸进了她的胸罩里。余锦欢又感到了波浪，如风吹过松树林的阵阵波浪。

这一夜，余锦欢没有回宿舍。她给梅西娅的 BP 机留言：有事不回。

　　李林培在宾馆开了房。第二天中午，余锦欢和梅西娅一块儿吃饭，郑重地说："梅子，我要结婚了，后天去领结婚证。"她咽下了所有想要倾吐的一切，就像吞下了一口没有咀嚼的米饭。

　　梅西娅静静地看着她，一丝微笑也没给。看了一小会儿之后，把右手覆在余锦欢的左手上，轻摇了两下，表示知道了。

三

租了间房，三十多平方米，一室一厅一卫，买了一张双人床，再把两个人单身时所有的东西往里面一搬，余锦欢与李林培就算正式结了婚。

当然，大红的结婚证是有的。现在，他们是中华人民共和国合法的夫妻了。结婚登记照上，她坐在前面，扎着马尾，头发油光发亮；他略微靠后，一只手搂着她的腰，两个人都瞪着眼睛专注地望着镜头，心无旁骛，似笑非笑。

他们是那么小，余锦欢翘起食指和中指，就足够覆盖他们。她从上到下，从左到右，一寸一寸地抚过他们的头发、脸、脖子和衣服，心里充满了无限的温柔。

现在，她不需要把持了，她的肚子想什么时候隆起来就什么时候隆起来，哪怕隆得贴到了天上别人也管不着。

有了自己的小家，余锦欢像只快活的燕子，上班就快活地出窝，下班就快活地回巢。她每天都换着花样儿做菜，把屋里收拾得整洁而明亮。

时间过得真快，一下子就溜到了7月。温度变化得快，世事变化得更快，在不到四个月的时间里，东升集团已经有三个月没发工资了。

如日中天的东升纸业集团，据说就要破产了。山雨欲来风满楼，一时间，整个集团人心浮动，一切都开始变得飘摇起来。

本来，在1996年的内地，"破产"还只是从沿海地区吹过来的一个新鲜词汇。同事们在一起，有时会拿破产开玩笑。比如早上见面，互问："吃了没？"如果有人答道："噢，破产啦。"听的人就哈哈一笑，知道此人还没吃早餐。

可是，狼说来就真的来了。现在，端了一辈子的铁饭碗极有可能消失于眨眼之间。更可怕的是，消失了也许就永远消失了，自己的手还能再捏住一只什么样的碗，甚至还能不能捏住一只不管什么样的碗，全都成了不可知的事儿。

如果一件事情是完全混沌的一片，是完全的一无所知，那也让人无所畏惧，怕就怕这样的明知结果不妙，却不知它到底会不妙到怎样的程度，这样的过程让人觉得到处都响着来自森林深处的窃窃私语。仿佛就在一夜之间，同事们一个个都变得鬼鬼祟祟起来。其实，如果是纯粹的破产，倒也罢了，问题是，集团并不是整体破产，据说上市的股份公司是不破产的，破产的只是未上市的集团物业。

这样一来，平衡被打破了。统一的有碗可端如果一步跨到统一的没碗可端，那也不过是大家伙儿一齐从高楼搬到了平房，完全是无所谓的事情。但现在不是这样。现在是有一部分人可以端着饭碗，而且，完全可以预见的是，他们将会端上更为高级的金饭碗或者银饭碗，而另一部分人呢？他们原来的饭碗将被剥夺、粉碎，然后变成制造金饭碗或银饭碗的原材料。

不破产的股份公司与即将破产的集团物业是没有明确界定的，并没有两套领导班子。因此，集团周报连篇累牍地引用了众多领导对破产发表的个人观点，无论他们怎样旁征博引，员工们都看出来了，他们一致表达的就是破产面前，人人机会平等。

然而，平时只知道干活儿的员工们却没有那么高的思想觉悟，他们压根儿都不相信这些，他们一个个都削尖了脑袋想要趁着混乱钻进股份公司。余锦欢问梅西娅怎么想，梅西娅说："把债务一股脑儿推给集团物业，并让其破产，而在丢掉了包袱之后，股份公司无疑会轻装前进，这是金蝉脱壳，是一种自我保护措施吧。"完全是答非所问，余锦欢根本没兴趣听下去，她才懒得关心这些国家与企业之间的关系问题呢，她关心的是梅西娅是否在为进入股份公司做准备。

其实，在集团风光无限的时候，有时闲谈，梅西娅也会天南海北地议论一通，说得最多的就是集团的经营策略。那时她就认为，集团这样下去，迟早会破产的，一个劲儿地兼并兼并再兼并，还对全国各大城市同行业的优秀企业实施不切实际的包围战术，打算用自己的产品在别人的地盘儿上垄断该类产品的生产与销售，这完全是不计成本的做法，是在拿鸡蛋碰石头。

倒是这次梅西娅提到债务什么的，让余锦欢又想起了集团的那些账。这么多年，每到年度中期和年末，财务经理总会在会计报表初稿的基础上，重新倒腾收入、成本、费用等一些关键性的数据，倒腾来倒腾去，结果，利润就成了矮子登梯子，噌噌噌几下就钻进了云层里。而且，从去年6月份开始，员工的工资基本上已经是依靠银行贷款发放的了。

不过如此而已，梅西娅所谓的有关集团的高谈阔论，最多也就只是偶尔促使余锦欢蜻蜓点水式地想一想自己所做过的账。至于这样的账做了会怎么样，把账做成这样，其背后又存在着怎样的动机，预示了怎样的风险，集团将来究竟会朝向哪个方向发展，等等，余锦欢认为，这些都是领导们的事儿，才无关我余锦欢呢，反正大家能过，我也一样能过，我只管把领导交办的任务完成，把自己分内的工作做好就行啦。

所以，每次听着梅西娅说这些不着边际的话，余锦欢就觉得好笑。可是，好像笑声还在昨天，今天却一下子竟成了真的。余锦欢着急了。她着急的不是自己，而是李林培。自己虽然是集团机关人员，本来与梅西娅一样面临着不可知，但是，现在她怀孕了，再怎么说，也还不至于被弄到破产的队伍里去。

自己有国家的政策保护，可李林培没有啊。而且，在后来发出的关于明确股份公司与集团物业管理范围的有关文件里，贸易公司竟排在集团物业的头一名。

余锦欢天天催李林培去找关系，要他赶紧想办法进入股份公司。有着三寸不烂之舌的李林培，每天都兴致勃勃地向她报告好消息，今天去找了谁谁谁，谁谁谁是怎么拍着胸脯保证的，明天又去找了谁谁谁，谁谁谁又是怎么给足了他李林培面子。

余锦欢就把心放下了。看到梅西娅那种不咸不淡的态度，余锦欢又开始替她担心了。在内心里，余锦欢有百分之九十九点九九九九九希望梅西娅顺利，还有那么百分之零点零零零零一希望她不顺利。其实，余锦欢自己也为自己羞愧，对于梅西娅，这个最要好的朋友，怎么就总会有那么一丁点儿小小的不可告人的心思呢？但是，这种心思确实存在，并不是想挥去就可以挥去的，余锦欢总是能够清晰地看见它。

梅西娅却不着急，她说，无所谓的，趁着年轻，多经历一下也没什么不好。"倒是李林培，你要上点儿心。"梅西娅提醒余锦欢说。

余锦欢就把李林培说给她的话有选择地重复给梅西娅听。梅西娅没有接茬儿，只是用手摸了摸余锦欢的肚子，问："三个月了吧？"余锦欢点点头，道："还差两天呢。"

梅西娅这才说："欢姐，我觉得你最好去找一下你大伯，让他帮忙盯一下李林培的事儿。"

余锦欢感到梅西娅其实一直都不相信李林培，心里就有点窝火，说："你别忘了他可是土生土长的城里人。"

梅西娅笑了："好好好，但愿一切都能像他说的那样顺利。"

回到家里，余锦欢还是忍不住又催问了李林培一次。李林培大为光火，瞪着眼睛道："你怎么这么不信任我呀？怀疑我的能力是不是？我什么时候让你不放心了？"

余锦欢觉得委屈，自己不是一门心思要你好嘛。就想顶几句，可话到嘴边还是咽回去了。

是呀，自己干嘛总是要受梅西娅的影响呢？再说了，李林培近来脾气怪大的，常常晚归，怕是遇到了什么烦心的事儿。余锦欢就没有再过问这件事，是的，她应该充分相信自己的丈夫。

改革的步伐很快，不到两个月，物业这边就正式进入了破产程序。余锦欢成了破产清算组的工作人员，清算完毕后，再回股份公司上班。

可是李林培却没了位置。余锦欢在走进清算办公室的那天早晨，看见了清算的具体方案，在员工补偿明细表里，她看到了李林培的名字。补偿多少她还没看清，就扶着自己的肚子，赶紧给大伯打电话。

大伯说，有什么事儿晚上再说，就把电话挂了。

到了晚上，余锦欢等了半个小时，仍不见李林培回家，给他的BP机留言，也没回，只好买了些水果，独自去找大伯。

大伯正在写什么，头也没抬，问道："小欢啊，是不是小李下岗了？"余锦欢一时语塞。在洞若观火的大伯面前，她总是丧失思维与语言能力。

"你们集团是适应改革需要，小李下岗也很正常嘛。再说了，大伯年底就要退休了，以后恐怕帮不了你们了。"大伯指着对面的椅子说："坐下再说吧。"

余锦欢坐下来，觉得口干舌燥，就喝了几大口端在手里的白开水。

"小欢啊，不是我说你，当初我就告诉过你，没有文凭不说，又不踏实肯干，什么都放在一张嘴上，这样的人能有什么发展前途？"余锦欢知道，大伯说的"这样的人"就是李林培。

余锦欢心里有几分气恼，还有几分不甘，嘴里却不敢分辩，只说："大伯，帮忙想想办法吧，他失业了，以后我们的日子可怎么过啊。"

"不过是塞翁失马，你们都还年轻，这也是个机遇嘛，在外面的世界闯一闯，说不定会有所作为，正好也可以磨炼磨炼，小李那个性格，不磨炼是不行的。"这些道理像铁钉上墙，发出的声音清晰，严正，沉实，节奏分明而且分量十足。

大伯的话无比正确，又滴水不漏，余锦欢只好绝望地叹服。

回家的路上，也许是嫌公共汽车哐啷哐啷吵得太厉害，孩子有些不安分起来，偶尔会把余锦欢的肚子弄得高低不平。

余锦欢用手安抚着小家伙，脑袋却疼得厉害。李林培不是说一切都妥当了吗？到底哪里出了问题？集团现在乱成了一锅粥，完全是有机可乘的呀。看看周围的同事们，但凡与集团大大小小的领导有那么一丁点儿关系的，不都钻到股份公司那边去了？难道自己真的看走了眼？为什么大伯和梅西娅都不看好李林培？

路灯一个接一个地从玻璃上划过，像连绵不断的水流。姑娘们穿着各式各样的裙子，仿佛一只只骄傲的孔雀，街道两旁的灯光从树荫的缝隙中淌下来，流过她们窈窕的身体。这个处于长江中上游的城市，像一江之水那样，恬净、温润而富足。据说这个城市将被打造成水电之都，世界最大的水利发电工程，早已在四十公里之外如火如荼地开工了。这一切该是多么美好啊。

居住在这个城市，这些美好不一样可以像甘露一样惠泽自己吗？余锦欢怀疑自己是不是真的想多了。说不定真像大伯说的那样，走出去，天地将会更加广阔。就算李林培不切实际了一回，那又怎么样呢？这世上的事，人人都有无法把握的时候。

事情已经是这样了，余锦欢愿意让自己往好处想。

李林培回来得依然很晚，余锦欢都坐在床上看了好大一阵子书了，他才到家，回来就回来了，也没多说话，很疲劳的样子，洗了澡就睡下了。

余锦欢没有跟他提自己去找过大伯的事儿，也没有追问他为什么不回信息。关于李林培以后的工作问题，她决定先放下来，反正自己的工资还是能够对付两个人的吃和穿。她得让自己的丈夫拥有足够的自尊，这是一个做妻子的应尽的本分。

李林培在家待着的那段时间，余锦欢过得比较省心，最起码不用自己天天奔菜市场，中午一进门，饭菜就已经摆上了桌。只是每个星期总有那么一两天，李林培晚上会有事情。他说，工作没了，必须出去跟朋友们联络联络，看看到底怎么办。

余锦欢见他对自己的工作这么上心，心里很高兴，想，李林培这么积极想办法，其实还是比较努力的呢。

差不多一个半月之后，李林培这才正式走进了人才市场。从人才市场回来的那个晚上，李林培眉飞色舞地告诉余锦欢："外面的世界大着呢，谁说工作难找，我就觉得很容易嘛。"

原来，李林培一到人才市场，虽然到处人头攒动，但招聘销售人员的岗位却多的是。这个岗位对文凭的要求不高，主要是看经历。李林培的表格一递上去，招聘单位一瞧，噢，原来还在东升纸业集团干了十来年！于是当场就拍了板，请他第二天就去上班。

这是一家啤酒生产厂，给李林培的条件是，底薪两百元人民币，再按销售业绩的百分之十提成。"已经很优厚的啦，我看了，其他单位都没给这么好的条件，就答应了。一个月弄个两千块钱的销售额应该没什么问题。"李林培踌躇满志。

余锦欢也被感染了，忍不住盯了李林培好一会儿，眼前的这个男人就是有这样的本事，总是能够用他无比生动的情绪，把别人也调动起来，瞧，他是多么阳光的一个人。

余锦欢觉得自己的每一根神经都轻捷畅快起来。李林培也感觉到了余锦欢的快乐与温情，就绕到她的身后，环腰抱住她。余锦欢的肚子已经隆起得颇有点高了，两个人再不能像以前那样亲热。

事实上，自从余锦欢怀孕后，两个人就基本停止了做爱。余锦欢偶尔也想，李林培才不过二十八岁，难道真的就会因为她怀孕就失去了冲动？

余锦欢只是这么想想而已，从来没有和他交流过。她觉得很不好意思，再加上这期间集团改制的影响，余锦欢认为李林培一定是特别着急和苦闷，所以也就没了那种欲望。

他现在多高兴啊。可见，他平时一直憋屈着自己。余锦欢决定给他买瓶酒。

李林培从不抽烟，也不怎么喝酒。一起生活了这么久，余锦欢发现，其实李林培的骨子里头还是爱酒的，只不过好像是故意克制了。

晚饭时，李林培喝了一点酒，也就两大口的样子。就这么两大口，李林培的脸已经红了。余锦欢笑他："就这么点儿酒量，还去卖酒。"李林培一把环住她半个腰身，推着她急不可耐地向床走去。

在李林培的引导下，余锦欢第一次用手帮他解决了生理需要。

事后，余锦欢总觉得有点不太自在，不仅是自己从内心深处非常反感这种方式，而且她隐隐觉得不太对劲儿——李林培对做爱太有经验，包括他们之间的第一次。究竟是哪里不对劲儿？余锦欢也想不明白。

她没工夫想这些了。他们都繁忙起来了。李林培每天都提着资料袋，早出晚归，回家话也说得少，吃完饭倒头便睡。余锦欢就每天挺着大肚子买菜做饭洗衣拖地，所有的家务活儿她都一个人干了。好在她个子高，虽然大着个肚子，但看着还不是太吃力。

梅西娅也经常来帮她拖拖地什么的。她的职务没有改变，仍然是总经理工作部的机要文秘。这场翻天覆地的改革，对于梅西娅来说，仿佛只是隔岸观火了一把。余锦欢觉得这都是梅西娅善于微笑的缘故，因为她实在想不出梅西娅是用了什么高招，竟然能够如此波澜不惊地度过这一场风浪。

梅西娅是安徽人，在她五岁的那年，淮河发大水，一场洪灾使她失去了父母，她和七岁的哥哥被一个放牛的老汉救了。老汉自己有三儿一女，养不活他们，就把他们送进了儿童福利院。

第二年的3月11日，一对夫妇领走了梅西娅。"那天，妈妈用一个蓝底白碎花的布条把头发绾成一个髻，头发纹丝不乱，像绸布一样光滑闪亮。爸爸……"梅西娅抬起眼睛，看着远方，神情迷离，嘴里却停下了讲述。良久，才又说："是下午，他们站在院子里，太阳照在他们的脸上，非常非常温暖。"

许多年后，余锦欢回忆起梅西娅那时的停顿，仍然记忆犹新。原来，不轻易流露自己情绪的梅西娅，其实，在讲述的那会儿，就像初绽新芽的柳树一样，对她的养父表露出了春天般的迷醉。只可惜，余锦欢当时完全没在意，只顾一个劲儿地催着梅西娅往后讲。

梅西娅说，从此，自己有了一个当铁路工人的爸爸和一个当小学老师的妈妈，而且，还有了一个新哥哥。"新哥哥叫朱黎明，因为爸爸姓朱，妈妈姓黎。他们没有给我另改名字。"

梅西娅和比她大半岁的新哥哥一起背着书包上学校，而自己的亲哥哥，却没有她这么幸运。"他后来也被别人领养了，但是那户人家对他并不好。"

梅西娅不愿意提起这些往事。余锦欢问过几次梅西娅小时候的事情，只有那一次，梅西娅像小学生写作文一样向她这么描述过。那还是去年有一天晚上两个人吃完地皮摊儿，在江边闲坐的时候谈及的。余锦欢听得也伤感，都悄悄地抹了好几次眼泪。

四

后来两个人在一起，都不谈小时候的事情。有时余锦欢陪梅西娅到邮局寄钱，看见她都是寄往一个叫作"安徽省马鞍山市当涂火车站"的地方，余锦欢嘴上不问，心里却暗暗惭愧，瞧瞧人家梅西娅，对养父养母多么毫无保留啊，而自己呢？除了攒钱还债以外，从来就没有多给自己的亲爹亲妈一分钱。

也不是没有想到过，而是觉得自己任重而道远。不是吗，眼看明年元月份，孩子就要出生了，自己就这么点儿收入，李林培的工作也不稳定，虽说李林培的补偿金有两万多块，但是，这笔钱坚决不能动，总得要买一套属于自己的房子吧？

一想到这些，余锦欢就莫名焦躁起来。听说集团马上要分房了，也不知消息是否确实，如果确定要分，自己一点儿谱都没有，怎么分？按什么标准分？自己能不能靠上最低标准？

想必梅西娅知道。拖完地，两个人吃着橘子，聊着天，余锦欢就问梅西娅集团分房的事儿。

梅西娅说："房子的产权是谁的都还说不清楚呢。你又不是不知道，这房子的建筑款都还欠着呢。原来集团没有破产前，唬着人家一鼓作气建好了房子，现在可倒好，集团自己都大窟窿小眼的了，哪里还顾得上还欠款？"

"可这房子毕竟没有划归物业啊。"余锦欢当然知道，集团付给立祥建筑安装工程公司的工程款还不到这一百一十二套房子建筑总价的一半。但是，房子并没有划归集团物业这边，那么，也就意味着股份公司现在所有在岗的职工都有分到房子的可能。

又是一个机会均等。然而，梅西娅却不这么看。她说："没有划入清算财产，并不意味着这房子就归集团所有，欠这么大一笔工程款，实际上还是人家建筑商的资产。"她还说，"而且，股份公司究竟能否支撑下去，还能支撑多久，都还不知道呢。"

余锦欢觉得梅西娅过于悲观了。按照梅西娅原来的说法，既然集团的债务都让物业给背着破产了，那么股份公司这边还愁什么呢？脱了壳的金蝉，不就意味着新生吗？

何况，这些都太遥远了，虽说它也关系着她余锦欢的生活，但毕竟关系的不仅仅是自己一个人的生活，而是全东升股份近五百名职工的生活。再怎么样，也有大家扛着，轮不上她余锦欢操心。她操心的是自己这个家面临的窘况。比如刚才和梅西娅讨论过的房子问题，比如李林培的工作问题。

李林培不想在那家啤酒公司干了，他说太累，每天东跑西颠的不说，更受不了的是那个所谓的业务经理。昨晚九点多，李林培一进家门，就把包往沙发上一丢，说："再也不去了，瞧那熊样儿，才干了不到三年的销售，不仅不把人放在眼里，还每天雷劈火闪地把我们吼上一通。"

"才几个臭钱啊？凭什么要在那儿受窝囊气？"李林培越说越激愤，"想想原来在集团，哪是这个样啊？！这个破啤酒厂，简直不把人当人看！"

余锦欢原来没在意，现在见李林培如此愤怒，才觉得事情严重了，看来李林培是要放弃这份工作。

可是，这一放弃，下一个工作又在哪儿？"没关系，我的工作好找得很，哪个企业不需要销售？这个工作要的就是经验，而我有的就是经验。"李林培拍着余锦欢的肩膀安慰道。他信心十足。进过一次人才市场，李林培已经不在乎失业了，他以过来人的身份，向余锦欢保证，他干的这个行业，不愁找不到活儿干。

余锦欢想想也是，既然他的工作不难找，既然他受了这么多的委屈，那就换吧。余锦欢就说："那你自己决定吧，不过，还是再去上一个星期的班吧，不然，岂不是白干了三个星期？好歹得拿回一个月的工资才好。"

"今天他去得很迟，八点钟才从家里走。反正要辞职了，好像也无所谓了。"余锦欢心里总觉得有点儿悬，就跟梅西娅说了这件事儿。

梅西娅笑了："欢姐我说你怎么就这么好性子啊？什么都由着他？就算他找工作容易，可是，这么一点儿委屈都受不下，到哪里能行得通呢？原来的集团是什么？是国有企业，和私营企业的管理模式当然不一样。就是我们现在的股份公司，将来都得改变现有的经营方式，否则，仍然只能破产。"

余锦欢觉得梅西娅像个握刀解牛的笑面厨娘，一说到这些事儿就非要把一切剖得七零八落不可。但她还是耐着性子问："那也不至于非得在那儿受闲气吧？"

"心疼啊？他呀，受点闲气没什么不好。再说啦，要想不受闲气，就努力干活呗，干好了，还可以让别人受他的闲气。"梅西娅完全是揶揄的态度。

余锦欢又不好发火，就捶了她两下，做出一副担忧的样子，道："唉，这么厉害的丫头，将来可怎么嫁得出去啊！"

梅西娅确实有点怪。两个人共事都两年了，余锦欢还真没见过梅西娅单独跟什么男人出去过。两人同住一个宿舍的时候，有好几次下班后梅西娅都捧着玫瑰花回来，很精心地拿玻璃瓶养着。余锦欢就问："今晚有约会？"

梅西娅边弄花边说："约会还不带你啊？我是瞧这些花丢了怪可惜的。"

余锦欢搬出宿舍后，就劝梅西娅说，青春年华一晃就过去了，你也该替自己留意留意了。梅西娅却不领情，还抢白她说："真是够朋友啊，自己掉进了蜜缸里，还不忘拉着朋友一块儿被糖泡酸。"

余锦欢知道梅西娅是瞧不上出现在自己眼前的这些人。梅西娅曾跟她说过，自己要嫁的人，得有木头一样的质地。

　　说这话的时候两人正在嗑瓜子，余锦欢当场就呛住了。她实在觉得好笑，梅西娅居然要找一个像木头一样的人？

　　余锦欢本来想说你没病吧？可是瓜子壳儿差点把她的喉咙给刺破了，咳得她眼泪鼻涕一大把，先是喝了几大口醋，又喝了好多的水，最后总算是缓过了劲儿来。这样一来，余锦欢不仅只能痛苦地憋住不笑，甚至连话也不敢多说了。梅西娅却拿眼睛瞪着她，一副不理解的样子："我是说木头的质地嘛，木头是诚实、坚韧、有温度的。你笑什么笑？"

　　余锦欢撇撇嘴，瞧瞧，这都说的是些什么呀，跟现实完全不搭界儿的。梅西娅看见余锦欢不屑的样子，就没再继续说下去。

　　余锦欢觉得梅西娅纯粹是浪漫得过了头，按照她的逻辑，找个人生伴侣得跟写诗作画儿一样，有这样的吗？不就是居家过日子嘛，瞧她说的都是些什么啊？还质地温度的，这不是典型的精神虚无主义嘛。

　　精神是代替不了柴米油盐酱醋茶的。在这一点上，余锦欢一直都非常清醒。她才不想追求那么多不切实际的东西呢，她觉得日子过得平平实实就是好。

　　可梅西娅就是犯倔，就像爹经常扛在肩上的那根倔扁担。每当集团有男同事要单独约会她时，她一般都会拉上余锦欢做挡箭牌。仔细想想，梅西娅其实也怪可怜的，为了守住自己所谓的什么信条与标准，守住她那个什么见鬼的木头质地，就得绞尽脑汁想尽一切办法逃掉眼前的这一次次邀请。

　　"了不得，再这么坚守下去，都成了沙漠里的最后一棵骆驼刺了。"余锦欢每次赴汤蹈火般地去当了电灯泡回来，就免不了要挖苦梅西娅。

但是，当集团房管处的张智同向梅西娅发出邀请，梅西娅又要拉余锦欢作陪时，余锦欢却坚决地拒绝了。张智同是什么人呀，一表人才，北大研究生，年纪轻轻就当了集团房管处的处长，据说还是集团某某副总的表亲呢。余锦欢不去，是因为她觉得他俩确实是天生的一对儿。尽管梅西娅不言自美的气质让余锦欢有种说不出的压抑，但在这件事情上，她还是真心希望他们能够成功。尤其是一想到梅西娅悲苦的身世，余锦欢就平衡了，就觉得梅西娅应该过上好日子。

余锦欢的拒绝，一来是贴心贴肺地为梅西娅着想，二来也是为着保护自己，说实在的，她可不想被张处长给暗暗恨上。

请不动余锦欢，梅西娅没辙了。她只好装病，下班前一刻，给张智同打个电话，声称自己不舒服或者有事儿，反正就是不能去赴约。张智同何等精明的人啊，碰了两三个软钉子，就立刻改变了策略。

每周五，梅西娅都会收到一颗粉色的珍珠，这颗珍珠包在一个小小的幽蓝色盒子里，由一个圆圆脸庞的女孩送来。女孩是个哑巴，但有两只水水的分外灵活的大眼睛，她会将梅西娅的左手或右手抻开，把珍珠盒放进她的手心，再让她握成个拳头，然后她肉嘟嘟的双手一起覆在梅西娅的拳头上，摇三下，最后点下头，微笑着退出梅西娅的办公室。

就在上周日，闲着没事，余锦欢还找梅西娅看过那些珍珠呢。当时她俩歪在梅西娅的床上，把那些珍珠从各自的盒子里取出来，摆在梅西娅的白色丝巾上。珍珠们真是漂亮啊，白里透着粉，像梨花的花瓣在粉红的胭脂池里洗浴过一样，润润的，温温的，似乎通体蓄满了光却又分明被一层胶质给包裹着。

余锦欢对它们简直爱不释手，就把它们摆成各种各样的形状欣赏。当她摆了一个心形的时候，梅西娅取笑道："欢姐你能不能有点儿别的创意？这个也太俗了嘛。"余锦欢本想说这不正是张智同的那颗心嘛，可还是觉得有些武断，就问她凭什么确定这些珍珠一定是张智同送的？梅西娅溜下身子侧躺着，右手撑着脑袋，眼睛微眯着，似乎在看着远处的什么，又好像什么也没看，沉默了半晌才道："不需要凭什么，我明白的，只可惜……唉，真是辛苦那个女孩子了。"余锦欢忍不住抢白她说，既然这么确定，既然能体谅那个女孩子，怎么就不体谅体谅那个送珍珠的人呢？梅西娅收回目光，岔开话题道："现在还太少啦，等攒够了，到时我送你一串珍珠项链呗，怎么样？"余锦欢撇嘴道："这是人家张智同送给你的，我才不要呢。"

想到两个人的笑闹，想到张智同，余锦欢心里一动，分房子的事儿，不就是他管吗？为什么不去找他呢？想想梅西娅肯定不会惹这个腥，还是自己直接去找他吧。兴许他会看在喜欢梅西娅的分儿上，帮她余锦欢一把。

打定了主意，余锦欢的心境突然就变得明亮起来。眼见得秋意有些浓了，阳台前面的那棵梧桐树叶已经掉得稀稀疏疏的了，零星的叶片挂在枝丫上，在午后的天空中微微荡漾着，素洁而安静，像工笔画一样。天气可真好呢，余锦欢就想逛逛街去，给未出世的孩子买点儿东西。

两个人就到了这个城市最繁华的商业街。太阳漫洒下来，绸缎一样铺在她们身上。梅西娅挽着余锦欢的胳膊，玩着竞猜游戏：
"哎，要是给我生了个胖小子呢，我就把这双老虎鞋买了。"老虎
鞋是一些老太太做的，她们提个篮子，带上针线，搬个小木凳，往
街角一坐，就开始一针一线做鞋了。小小的竹篮里通常会摆上各式
各样的成品鞋。鞋一律都是绒里绒面，小巧玲珑，鞋面上一般会绣
着许多图案，比如半卧的老虎，扑蝶的小猫，憨睡的猪，嬉水的
鱼……千姿百态，应有尽有。

"要是给我生个小丫头呢，我就把这双买了。"梅西娅又拈起
一双绣着对蝶戏牡丹图案的小鞋。

余锦欢拿胳膊使劲儿拐了一下梅西娅，笑道："真是个小气鬼，
就不能两双都买啦？"梅西娅咯咯地笑："你又不生龙凤胎，我干
嘛花那冤枉钱？"嘴里说着，却是把两双一起拿了。

付完钱，梅西娅提起鞋子，一伸腰，突然就僵住了。余锦欢觉
得奇怪，问："怎么了？你？"就顺着梅西娅的眼睛望过去。

梅西娅慌忙拥着余锦欢，几乎拧着她转了一百八十度，但余锦
欢还是扭头看过去了。

是李林培！他怎么和一个女人在一起？！李林培的胳膊正搂着
那个女人的腰，背对着他们，往另一头走去。

连那个女人的背影都没看清楚，余锦欢就两眼一发黑，身子往
下坠去。

梅西娅赶紧抓住她的胳膊往上提，和老太太一起，把她弄到木
凳上。也就一会儿的工夫，余锦欢就缓缓睁开了眼睛，她明白，该
死的美尼尔氏综合征又犯了。

可刚才是怎么来着？梅西娅怎么蹲在自己的面前呢？哦，自己

居然坐着人家老太太的凳子，这怎么行，得赶快起身。

余锦欢要站起来，梅西娅按住她，说："不要动！"阳光不是白白地照着吗？一切都好好的。只是梅西娅的声音很有些缥缈。

余锦欢挣扎着站起来，对梅西娅说："我们回去吧。"

梅西娅一言不发，扶着她往前走。她们走得很慢，脚下像是绊着一河的冰。她们从来的方向走回去，走出商业街，走过万寿路，拐进仁和路。她们走走停停，像两只老鸭子。人行道的两旁种满了香樟树，不时有枯黄的叶片落下来，一头栽倒在她们的头发上，停顿一会儿，又掉下去。

终于到家了，余锦欢甩掉梅西娅的胳膊，仰躺在床上。泪水先是一颗一颗地爬过脸庞，接着就啪嗒啪嗒下雨一样从衣服上滚了下去。梅西娅拧了一条热气腾腾的毛巾，站在她旁边。

余锦欢一把扯过毛巾，盖在自己的脸上。

偏偏孩子不乐意了，他开始在肚子里伸拳扬腿，余锦欢的肚子顿时变得大包小坑的。梅西娅轻轻地抚弄着，说："宝宝乖，哄哄妈妈，妈妈在哭呢。"

余锦欢越发难受，一把掀开毛巾，冲梅西娅叫："都什么时候了，你还没心没肺的！"

梅西娅笑了，说："什么时候啊？有什么了不得的事儿啊？天不还亮着嘛，又塌不下来！你觉得有什么疑问？那就说出来吧，有我和宝宝听着呢。"

事情不是明摆着吗？还用说什么？又从哪里说起？

怪不得每天回来得那么晚，看起来那么累，怪不得即使失业在家的时候每个星期还要出去好几次……可恨自己一直那么相信他，相信他的每句话每个眼神儿，相信他对自己的感情就像自己对他一样那么纯洁深厚，他怎么能欺骗自己啊，怎么能？！余锦欢泪眼婆娑，想起许许多多个普普通通却自以为无比快乐的日子。

越想越不是滋味，余锦欢觉得自己像是掉进了冰窖，却又分明怒火中烧，不由得浑身哆嗦，像打摆子一样。她握住拳头，咧着嘴说：“这事儿一定得查清楚！”

梅西娅握住她的拳头，连声说：“当然当然，一定要查清楚，欢姐，这事儿你就交给我吧，我保证查它个水落石出。你只管好好生孩子，到时候，该打的人我们狠揍，该罚的人我们送荆条，绝不客气。”然后她又掰开余锦欢的手，握住它们，让它们在高低起伏的肚皮上游走，嘴里说：“宝宝别哭，妈妈一会儿就好啦。”

余锦欢的手感觉到了孩子的跃动，心就揪得慌。仿佛一种提醒，孩子让一切重新现实起来，让刚才那些场景与乱七八糟的想法杂糅在一起，使人觉得无比刺痛。

离婚吗？在结婚前，看了书本上和现实中那么多的婚姻家庭故事，余锦欢就确定了自己的原则，夫妻之间是要绝对忠诚的，不管是哪一方，一旦出现婚外情，那就只有一个选择——离婚。那时想归想，却是在甜蜜的憧憬里轻描淡写式的一种漫想，就像站在南方的三月天儿里想象北方的漫天大雪一样。然而，这样的事情怎么说来就来了呢？怎么就会让我余锦欢给摊上了呢？

发生在别人身上看起来那么简单的事情，一旦搁在自己身上，却是多么复杂、多么难以选择啊。比如离婚，总不能让孩子一出生就没有父亲吧？那么，打掉孩子吗？可他马上就要出生了，现在在自己肚子里的，其实已经是一个鲜活的生命了。

余锦欢冷静了些，不禁下意识地捧住了隆起的肚皮。

梅西娅嘻嘻笑了，说："欢姐，事情还没弄清楚呢，你就开始钻牛角尖了。我看了，那个女人好像是他妹妹。"

"她妹妹？！"余锦欢从床上坐起来，大声道："不可能，你又没见过他妹妹。再说，他妹妹是直发。"

梅西娅把她按下去，让她重新躺下，望着她眨巴眨巴眼睛，道："你看见的，是他们刚好转过身的时候，我看见的，恰好是他们俩的正面，不是兄妹俩，能长得那么像嘛，我才不信呢，至于头发，就更不用说了，哪个女人的头发会是一成不变的？"

这么一说，余锦欢也有些疑惑了，尽管只跟李林培的妹妹见过一面，但那像面条似的窄窄瘦瘦的身段，可别说，还真有几分相像。可是，如果真的就是他妹妹，怕也不至于如此亲热吧？想想李林培的那一家子，余锦欢怎么也不相信李林培会揽着他妹妹的腰。

余锦欢不好说李林培怪异的那一家人，她总是担心梅西娅暗地里笑话自己。她只是不信，她坚持认为，依照李林培的性格，根本不可能在大庭广众之下搂着他妹妹的腰。

梅西娅看她摇得拨浪鼓似的头，就"扑哧"笑了："不相信就不相信，可别把头摇掉了，其实没什么的，兄妹俩买完东西，转身的时候，很自然，哥哥就会把手放在妹妹腰上搭一下嘛，我哥哥陪我买东西，就习惯这样。"

梅西娅只管自顾自分析下去，说："李林培到底怎么样，你还不清楚吗？他有多少时间在外面？况且，哪怕是有事儿出去了，又什么时候是彻夜不归？如果真的有了外遇，会是这个样子吗？"

梅西娅说得头头是道，余锦欢一字不落全听了进去。现在，梅西娅的分析就是暗夜里的那盏灯，是方向、光明和温度的集合，而这个集合，正是支撑自己和自己这个家的力量。打心眼里，余锦欢愿意相信梅西娅的这番话并不是出于安慰，而是出于理性逻辑推导出的令人信服的结论。

五

　　然而，余锦欢明白，自己心里的那份疑惑仍然生了根。冷不防，肚里的孩子又划了一拳，肚皮被高高地撑起，像是在感应自己一些乱糟糟的想法。

　　不管怎样，看在孩子的分上，也不能让那份疑惑抢攻了自己心理上的地盘，要茁壮成长的，是自己的孩子、自己的家，而不是别的什么，特别是这种没有确凿根据的猜疑。

　　这件事虽然落下了根，但余锦欢决定不让它发芽，她要让它悄悄地腐烂掉。她挪下床，准备去跟正在厨房煮饭的梅西娅说说话，然而，一抬脚，眼前又是一阵黑暗，她下意识地赶紧向床摸去，却再一次失去了知觉。

余锦欢缓过劲儿来不久，李林培风风火火地撞进门来。余锦欢一见他现了形儿，忍了忍，但仍然控制不住，觉得浑身火舌子乱蹿，却又不知怎么开口，就只拿食指点着他。李林培见余锦欢脸色苍白，嘴唇乌紫，赶忙冲过去，摇着她的胳膊，忙不迭地问："怎么了，欢？！"

梅西娅拽了拽李林培的衣角，望着他眨了眨眼睛，然后快速把余锦欢两次犯晕的情形描述了一遍。听罢，李林培挥手道："现在就到医院检查去！"

余锦欢本来一百个不愿意到医院，花钱不说，心里还窝着几辈子的话没有问他李林培呢。她坚持认为，自己就是美尼尔氏综合征，这个，结婚前，她就咨询过医生。根据自己的经验，余锦欢知道，这个病也不是什么大病，过一会儿总可以醒来，只要犯晕时没有处于危险的场合，她余锦欢就不怕。

可现在由不得她了。差不多是被挟持着，她被李林培和梅西娅弄进了医院。

挂号的一见是个大肚子孕妇，二话不说就给他们挂了妇产科。一个长着一对吊梢眉的中年女人接待了他们。她面无表情地听完病情陈述，冷冰冰地建议立即住院做全面检查。李林培赔着笑脸道："您看，都到下班时间了，明天再来行吗？"中年女人站起来，拧开水龙头，拿肥皂涂满全手，在哗哗的水流声中大声说："该说的我都说了，住不住随你们自己，孩子的安全你们自己看着办。"

就住了下来。梅西娅离开之后，余锦欢还是觉得有无数个疑问在脑海里交替闪烁，它们像蛇，不停地吐着红红的芯子，有时又像闪着金属之光的箭镞，只待拈弓而发。可病室里另外三个病人的床前总是热闹无比，而余锦欢担心自己一旦开了口，可能就会控制不住自己的情绪。无论如何，总不能让别人看笑话吧？

眼见李林培从医院到家里来来回回跑了好几趟，气喘吁吁地搬来一些日常生活用品，余锦欢的头虽然一直侧面向着墙壁，一副懒心懒肠的样子，心里却又担心他弄得不够妥当。比如应该拿那条薄一点的淡紫色毛巾，厚一些的蓝毛巾是留着给孩子用的；水龙头别关得太紧，得留一点儿缝隙让水滴答，等明天回家就有一满桶水了，而且不计水费；阳台上的那扇窗得按住慢慢往右旋转，否则就别想把它关严实了……

余锦欢还是憋住了什么也没说。第二天，那个吊梢眉的女人给余锦欢做了妇科检查，结论是：余锦欢的宫颈长了不少息肉，建议立即做摘除手术。写完了病历，吊梢眉瞄着余锦欢说："还要进一步检验，看是否已经恶变。"

李林培哈着腰问道："医生，现在做有没有危险？孩子都这么大了。"吊梢眉又开始打肥皂洗手，眼睛盯着泡沫，头也不回，道："就是为了顺利生下孩子，才要早点做掉，不懂就不要乱说！"

余锦欢的心就疼了一下，李林培受呵斥，她也像挨了鞭子。再怎么说，他是她的男人，而且是在一门心思为她周旋呢。

当天就做了息肉摘除。疼痛已经顾不得了，余锦欢开始忐忑不安地等待检测结果。

其实，余锦欢并不知道死亡到底是怎么回事儿，但她明白，"恶变"就等于是与死亡签订了一份预约合同书。对于死亡，余锦欢没有感觉到有多恐怖，就像她没有感觉到她的身体与以往有什么不同一样，心脏照样在怦怦地跳，血液照样在蓝色的血管里奔跑，头皮屑照样以超过头发的速度在迅速生长。长这么大，余锦欢还真没怎么见过死亡，就仅仅见过一次死人。那是村子里猛子的妈，自己喊作五嫂的那个女人，在生完猛子之后，就大出血死了。当时余锦欢才十四五岁，当吹鼓手把哀乐吹得震天响时，她才从自家跑过去。然后，她跟在一群人的后面，瞧见五嫂平躺在床上，盖着床单，除了脸色惨白，也看不出来有多么剧烈的挣扎，好像跟睡着了一样。

死亡也许就跟自己晕过去差不多？也不见得有多疼痛吧？但肯定是什么都不知道了。

一想到什么都不知道了，余锦欢就舍不得眼前的这一切。比如从窗户溜进来的阳光，如果检测结果是恶变了，那么，它们还有多少日子能够像衣服一样披在自己的身上呢？比如这个刚刚给自己喂过鸡汤而此刻正在剥橘子的男人，如果恶变了，自己还有能力为他顺利生下孩子吗？生下了孩子只剩下他们俩又怎么生活下去？

余锦欢胡思乱想着。李林培把剥好的橘子递到她嘴边，说："欢，你就放心吧，我敢保证没事的。什么恶变不恶变的，这种概率非常非常小。"余锦欢呆呆地望着他，想，纵然真的就如大伯说的那样，李林培所说的话总像墙上的芦苇，无根无基，空泛得很，自己却仍然很容易被这个喜欢动不动就向自己保证的男人所感动。

余锦欢分了一半橘子给这个男人，看到阳光一点点褪去，一些发生在过去、令自己疼痛的事情仿佛也越来越遥远了。

第二天下午，李林培拿着报告单，风一样地跑到余锦欢的床前，喜形于色地叫："欢，没事儿了没事儿了。"然后一行一行指认着那些医学术语，吃力地念给余锦欢听。余锦欢也很高兴，但没有太大的欢喜，她觉得他们是被人嗾着走了好几天的夜路。

余锦欢立即出了院。她阻止李林培再向那个吊梢眉咨询任何问题，她宁愿回家自己摸索着慢慢调养。

其实，余锦欢的下体仍然有一种尖痛，只不过是断断续续的，有时候躺卧的姿势不对，也会引发疼痛和少量出血。但她觉得这些都算不了什么，一切总会过去的。使她不能忍受的是，生命安全的警报一旦解除，李林培与那个女人的问题再度成了心头之病。

一贯瞧不上李林培的梅西娅，现在却一个劲儿地劝余锦欢要冷静再冷静，还说李林培真的很不错，经过这一番折腾，充分表明了李林培还是真心爱着他的欢呢。余锦欢喝着梅西娅熬的鲫鱼汤，抢白道："你真当我是个傻瓜啊，他就喜欢做面子上的事情，那些汤，哪一样不是你熬好了让他当着别人的面喂给我喝的？"

话是这么说了，那是为了让梅西娅知道，她余锦欢也都明白朋友的好。其实在心里，余锦欢还是有种蜜糖似的甜。作为一个男人，能做到这样也是非常不错了，看看自己的爹和妈，从来就只有妈卑躬屈膝服侍爹的份儿，稍微有一点服侍不到位，还会挨骂，倘若要让爹去哄妈开心，哪怕是面子上的，那也只能等太阳打西边出来。

但是，说到天边，李林培与那个女人的事情也得让他亲自解释清楚，即便是他妹妹，余锦欢也要听他自己说出来。梅西娅却不支持她这样想，她说："说好了你只管好好生孩子的，其他的什么都别管嘛，如果你认为这件事情比你生孩子还重要，那你就干脆做个决断，打掉孩子算了。"

这个决断余锦欢可做不了，这正是她的软肋。孩子怎么能打掉？他可是自己身上的骨肉！况且都这么大了！

梅西娅像个稳操胜算的将军，笑道："就是了，欢姐，干嘛非得把所有的事儿都拧在一起？得一件一件地做啊，再说了，李林培像是那样的人吗？真是那样的人，他还会对你这么好？"

想想也是，现在去追究，是又怎样？不是又怎样？他承认了如何？不承认又如何？眼看过不了多久就要生孩子了，等孩子一出世，那个时候再怎么着，自己的坏情绪也不会像现在这样影响到肚子里的孩子了。

清醒有时会让人痛苦，这段时间就这么糊里糊涂地过吧。余锦欢决定暂时卸下这件事儿，一心一意做好生孩子的准备。

但她也不是没有条件。她对李林培说，自己的身体恢复得太慢，孩子也马上要出生了，为防止意外，李林培除了上菜市场，哪儿都不能去，要在家天天陪着她。李林培早就瞅见余锦欢跟以前不一样了，心下正犯嘀咕呢，也不敢多说什么，就一口应承了。

预产期过了，孩子并没有闹出特别的动静。李林培就说，还是早点到医院去吧。毕竟头一回，余锦欢心里也直打鼓，两个人就又到了医院。

一检查，医生说余锦欢上次手术恢复得不太好，而且又新长出了一些宫颈息肉，自然分娩有风险，建议剖宫产。

因为揣着个宝贝，在医院，两个人就像孤儿院里的孩子，主意全失，就只管瞪着眼睛张着耳朵跟着医生团团转。

于是剖宫。入院的第三天，儿子被拿出来了，4.2公斤，70厘米，红嘟嘟的脸，眉眼儿也看不出来像谁。李林培比余锦欢还兴奋，一口一个"欢，我儿子"怎么怎么，惹得同病室里的产妇与进进出出的护士们怪羡慕的，都说余锦欢好福气。

余锦欢心里也甜丝丝的，真像是喝了蜂蜜。唯独不满意的是，婆婆家一直没有人来探望。余锦欢暗地里期盼李林培的妹妹快点儿出现，这样，困扰她的那个关键问题也就水落石出了。可是，她一直盼到儿子出生后的第四天，也没盼来那个人，却把婆婆给盼来了。

那天上午，婆婆拎着一只活母鸡站在了门口，顿时，斜射进病房的阳光被遮住了一大半。她在门口一语不发地停了一会儿，大概是在观察到底哪一床是余锦欢，然后才往这边走来。李林培正在给余锦欢倒水，侧头一见，赶紧快步迎上去，伸出手，准备接过那只鸡。婆婆却用胳膊挡住了他，径直走到墙角，把母鸡往地上一放，然后就拧着头，一瘸一拐地走向孙子的小床。不知为什么，余锦欢的心就抽紧了。

婆婆趴下身子，研究似的看了好一会儿，然后解开包住孙子的毛毯，伸出一根手指头，拨弄了一下孙子的私处。

余锦欢的血忍不住往上涌，她认为比自己那次进他们的家所受的冷遇和不尊重还要屈辱！何况还是用那只提过鸡却没有冲洗的手呢！还没等余锦欢有所表示，婆婆就发话了："老娘还没看出来，你小子蛮行呢。"

李林培端一杯水递给她，有些不太自然地笑了笑。

婆婆挥挥手，说："哪有闲工夫喝水哟。"一边拿眼睛瞟着余锦欢，道："自己多注意哟。"然后撑住孙子的小床，站起身，一起一伏地出了病房的门。

自始至终，余锦欢都还没来得及喊她一声："妈！"而且，出于本能的畏惧与反感，她也压根儿都不想喊出这个字。婆婆的一举一动，一言一行，余锦欢总觉得无法捉摸、充满诡异，那种感觉真像是掉进了阴冷潮湿的暗道里，四面八方都咕嘟咕嘟冒着鬼气。

好在这个瘆人的婆婆倒似乎并不在意她们之间的从不往来，而且，似乎也不需要这种往来，包括李林培，也好像从来没有向余锦欢提过要求要去看看自己的妈，这让余锦欢怅然若失又暗自庆幸。

一屋子的人都诧异地看着余锦欢和李林培。余锦欢觉得浑身都不自在，脸也发热，李林培却没事儿一般，只管俯下身盯着自己的儿子看。

余锦欢弄不清楚婆婆到底是说话的方式与众不同，还是话语里暗藏着刀锋？婆婆看见孙子，却夸儿子"蛮行"，是什么意思？就算是真的夸奖，是傻子也看得出来，婆婆的脸上挂满了嘲讽。还有最后一句，分明是对她余锦欢说的，是注意身体还是注意别的什么？

生完孩子，由于贫血，余锦欢本来就觉得脑袋生了铁锈似的转不动了，这些问题更是令她头晕脑涨。"不过，无所谓，反正没来往。"一想到这儿，余锦欢就索性懒得去费神了。

只有那只鸡太令人难堪了，它总是在角落里扑腾，还拉了两泡屎。中午吃饭的时候，三床生了个女儿的那个胖女人，刚吃了一口饭，就吐了出来，还对她的丈夫吼道："去，找医生来，也不管管，这都什么环境啊。"

余锦欢赶紧说对不起，心里却又觉得万分委屈。一个做婆婆的，不说看在儿子的分上（当然更不会是看在媳妇的分上了），就算是看在刚出生的孙子分上，把鸡汤熬好了送来也不为过吧？何苦要送一只扑棱棱的活鸡来？这不是成心刁难自己吗？

委屈归委屈，鸡的问题还是要解决的。想想冲李林培发火也没用，就干脆让他提到菜市场请人帮忙宰杀算了。李林培十二分地赞赏这个主意，甚至还有几分掩饰不住的欣喜，忙不迭地提着老母鸡出了门。

这一去就是整个下午不见踪影。一直到傍晚了，李林培才回来，还用保温桶提着鸡汤。这中间余锦欢上了两次厕所，儿子换了三次纸尿裤，都是叫护士帮的忙，所以一看见李林培，余锦欢的脸色就明显暗了下去。

李林培十分殷勤地一勺一勺地喂余锦欢喝汤，一边解释道："刚好有个原来的同事就住在菜场附近，杀完了鸡，就干脆到他家炖了汤才来。"

余锦欢知道李林培没本事烧这些汤汤水水的菜，他只能炒几道普通又普通的素菜，住院期间，自己喝的那些汤，几乎都是梅西娅捣鼓出来的，所以就相信了他的解释。可转念一想就又有了疑问，自己躺在医院里，儿子也没人照看，煲个汤也不至于用这么长时间吧？

李林培说，都好久没见了，一聊就忘了呗。余锦欢想想也是，可能是因为心底里总有那么个根儿，自己才老是疑神疑鬼的，再说，这几天，李林培也够辛苦的了。

这汤煲得真不错，还加了黄豆和花生米，汤汁香浓稠密而不腥腻，产妇吃十分合适。余锦欢忍不住夸奖道："你同事的老婆可真能干，煲的汤这么好喝，好像很有经验呢。"

李林培支支吾吾的，没怎么回答，只是催余锦欢赶快趁热喝汤。

第六天刚过，余锦欢就出院了。本来医生说她还应该多住一段时间，可是余锦欢等不及了，全家除了自己的工资，再没有别的收入，何况现在又添了一张嘴，得处处节约、算计着过日子才行。

街上的行人真多啊，许多人背着巨大的包裹，一群一群地走过人行道，他们从四面八方走来，在人行道上匆匆交会，又倏然分开，然后再度风尘仆仆地向四面八方散去。写着各种标语的条幅，被风吹得呼呼啦啦直响，一道又一道，滚滚而来。街道两旁的灯柱上，插满了彩旗，像鸟儿张开的翅膀，不停地拍打着空气。香樟树、桂花树、梧桐树正举着黄绿相间的叶子招摇呢，斑斑驳驳，煞是好看，夹竹桃却仍然一味地浓绿着，只是藏起了花朵……

喜庆的色彩映照着一切，看来真是要过年了呢。余锦欢喜欢这样的氛围，觉得这才是人世间应有的色彩。叫什么来着？余锦欢搜肠刮肚，总算想起了一个词儿：俗艳。是啊，这俗艳的一切让人觉得多么热闹，多么温暖！在回家的车上，看看坐在自己左边抱着儿子的李林培，又看看右边提着一大堆东西的梅西娅，余锦欢觉得生活本该如此，一切都在自在地铺陈与展现，还散发着触手可感的温度。

然而，李林培必须得尽快找到一份新的工作才行。物价涨了一倍，余锦欢的工资虽说也涨了一些，可这五百多元的工资摊到一家三口人的身上，就显得过于单薄了。特别是儿子乐乐的吃喝拉撒，几乎占去了整个家庭开支的一半。

自己清苦点儿都算不了什么，可再怎么着也得让儿子过上好生活。余锦欢在家待着的三个月里，反正连楼都很少下去，倒也没觉得什么，可是，一上班，整天听同事们讨论琐琐碎碎的家事，心里就火烧火燎的了。瞧瞧人家吧，夫妻都在岗不说，还都雄心勃勃，他们不是说要到南方闯闯去，就是说要找个门面开个这店那店什么的。

李林培却仍然不哼不哈的样子。他的理论是，总这个样子到处找活儿干，一点儿意思也没有，自己拼死拼活，也不过是替人家挣了个袋鼓包圆，还得受一肚子闲气，划不来。"欢，你等着吧，我要干一番大事业。"有天晚上，余锦欢在给儿子换尿布的时候，李林培蹲在旁边看，一边眉飞色舞地说。

"大事业？什么大事业？你可别瞎捣鼓。"余锦欢只想安安稳稳地过日子，在她的眼里，上班拿工资就是过安稳日子最可靠的保障。

李林培站起来，拿手在空中划拉了一下，仿佛要把整个天空都抱在怀里："我想了，只有自己当老板，才能赚大钱，我已经和王飞商量好了，打算合伙开个超市。"

超市？且不说超市是个新鲜事物，就算它是一根闪闪发光的金条，余锦欢也不愿去碰它一下子。这个险冒得也太大了些，李林培可是说了，每个人至少得投资一万二千元人民币哪。

李林培却很不以为然："不是还有我的补偿金嘛。"

余锦欢抱着儿子霍地站起来，把尿布一把丢进盆子里，说："不行！房子都没有，那钱不能动。"

李林培可不管这些，而且，也不管余锦欢爱不爱听，他每天都瞅着机会向余锦欢描述他的伟大计划：从哪里进货啦，进些什么货啦，准备采取一些什么样的促销措施啦，等等。他还向她无数次描绘，等他开了超市赚了钱之后无比美好的生活景象，比如住多大的房子啦，房子里布置些什么啦，等等。

李林培总是跟在她的屁股后面不停地叨叨着这些没完没了的设想。余锦欢抱着乐乐在屋里打转，他就跟着一圈一圈地说；乐乐吃奶，他就蹲在旁边看着奶头喋喋不休；乐乐睡了，余锦欢去洗尿片，他就站在卫生间的门口慷慨陈词。

可余锦欢就是无动于衷。李林培生气了，说她笨，说她是死猪脑袋不开窍，说她是个守财奴，从来就不想想，怎样的钱才叫钱。

"那你说说，怎样的钱才叫钱？"余锦欢又好气又好笑，李林培的意思，敢情世上还有不叫钱的钱？

李林培看见余锦欢居然还在笑，越发恼怒了："那当然，缺钱的时候，就要想办法让钱生钱，这样的钱才叫钱，钱多的时候，就要想办法花钱，这样的钱才叫钱，放在那儿不动的钱就不叫钱！"

"再说了，那个钱是我的，我说怎么用就怎么用！"李林培彻底失去了耐心，几乎是咆哮了。这是两个人自相识以来，首次出现的最大争执。余锦欢从来没有如此斩钉截铁地拒绝过李林培什么，她自己也说不清为什么要这样，也许是打小就对钱的吝惜使然吧。对于钱，她也许真的就像李林培说的那样，比葛朗台还要葛朗台。

六

　　这是没有办法的事儿。在鄂西南的大山里，钱是多么来之不易啊。第一次见到钱，还是在小学毕业的那年。余锦欢要到镇上读初中了，见到班主任，爹抖抖索索地从裤腰带上解下一个布包包，一张一张地数。壹拾元的大团结只有两张，最多的就是黄色的壹分和绿色的贰分。交足了三十五元钱，布包陡然就塌了下去，爹的脸也暗了，像一块灰抹布。从此之后，余锦欢对钱就有了深刻的记忆。每一次开学的前夜，爹都要坐在火塘边右角那把掉了漆的松木椅上，一张张地数那些代表书本学杂费的钱，然后一言不发地递到余锦欢的手里。

　　打从记事起，余锦欢就看见爹常常把一背篓一背篓的土豆、苞谷、红薯往山下背，一去就是一天。大多数时候，背篓里的东西，一多半又都跟着爹回来了。小学阶段，余锦欢对钱完全没有概念，挣钱与用钱，那都是爹和妈的事儿。除了没有新衣裳穿，以及对那个永远的麻色布书包不太满意外，吃着苞谷与土豆的余锦欢，并没有觉得日子有多苦。在学校里，跟同学们抓石子、踢沙包、玩木头双杠，放学后，虽然要干各种各样的体力活儿，但是，有蓝莹莹的天悬在头顶，有柔软而坚实的泥土趴在脚底下，有爹妈哥哥姐姐在身旁转来转去，一切都敞亮着呢。而且，如果干活儿干乏了，就顺手捋几个野果子塞在嘴里，或者捧几捧泉水喝下去，然后昂着脸，歇一歇，缓缓劲儿，让风把汗珠子赶跑，再把全身的每个毛孔梳理一遍，真是有说不出来的爽快。更快活的日子是星期天，朝隔着一条沟的燕子和"洋瓷碗儿"吆喝一声，三个人就缠到一块儿去了，各自打着放牛放羊打猪草砍柴禾等等各种幌子，在山野里撒着欢儿打闹或玩游戏。天黑了，猪草寻不满筐，就装些石头，或者弄些木头棍子支着，贼头贼脑地从大人们的眼皮子底下溜进门。大人们心情好时，睁只眼闭只眼也就过去了，心情不好时，自己就得像一棵被大雪压弯了的小松树，只能低头等着一阵劈头盖脸的训斥。

　　即便如此，那也是快活的。三个人在家都排行最小，这样的顽皮事儿，大人们并不会真的就动多大的怒气，多半是在嘴皮子上磨几下快枪利箭，也就罢了。在这种时候，是一定要低头做认错状的，否则吃不了兜着走。低头还是得要一会儿工夫的，一直要等到大人们训斥他们的唾沫星子飞完，自己才能昂昂乎去吃饭。所以，上学后，当老师带领全班的同学像唱歌一样读什么"大雪压青松，青松挺且直"的时候，余锦欢就迷瞪瞪地望着老师，她觉得这个写诗的人完全是在大太阳底下说胡话。在拐枣树坡，每年下大雪了，哪一棵松树不弯腰？不过，学过这句诗之后的那个冬天，余锦欢和燕子、"洋瓷碗儿"到雪地里认真地观察了一番，最后一致认为，那个诗人写得也算不上太错，只是不够准确，在大雪之下，还能"挺且直"的，只有大松树，也就是像大人们一样的成年松树，那些像小孩子一样的毛毛松，还是要弯腰的。

在拐枣树坡，最常见的就是松树，所以，余锦欢在受呵斥时，唯一想到的就是大雪之下低着头的小松树。不仅如此，余锦欢感觉自己其实跟一棵松树也没多大区别，站在贫瘠的土地上，不着红，也绿得不娇，不知道争也不愿意抢，除了身子骨硬一点儿外，实在是再普通再寻常不过了。

松树是收敛的，但是，当一棵松树长大之后，再有大雪扑向它，却是要"挺且直"的，从那个冬天之后，余锦欢就彻底记住了。而且，她觉得自己与松树有某种契合的因子，李林培的愤怒正好激活了余锦欢潜藏着的倔强。就像梅西娅守住她那关于"木头"的信念一样，她余锦欢要坚决守住那些钱，直到把它们守成真正属于自己的一套房子。

余锦欢决定去找张智同。那天，梅西娅正好参加一个什么行业培训去了，余锦欢就在十一点整敲开了张智同办公室的门。

张智同看见她，表情明显僵了一下。余锦欢说："张处，我是财务处的余锦欢，有点儿事情想麻烦您。"张智同的脸上立刻恢复了笑容，说："哦，是余会计，知道的，我认识你。"同时伸了一下右手，示意余锦欢坐下。

　　余锦欢看着面前这个额头宽阔饱满、一脸微笑的房管处处长，心里直怪梅西娅不长眼。她清楚，他说认识自己，那是因为他时刻注意着梅西娅。

　　张智同不作声，双手放在膝盖上，身子略微倾斜地靠着沙发椅。这个姿势有那么一点点的随意与等待。余锦欢心里掠过一丝失望，她觉得自己打算提出的房子问题，肯定会因为与梅西娅无关而遭到无情的拒绝。

　　余锦欢就想，还是再找一个合适的机会为好，于是就说道："张处，您什么时间有空？我想请您吃顿便饭，可以吗？"张智同把胳膊放到桌子上，向前倾了一下身子，眯眼笑道："请我吃饭？"停顿了一小会儿，又说："这样吧，你定了时间就给我电话。"

　　余锦欢心里安定了些，就连忙告辞了。吃晚饭的时候，余锦欢本想把这个事儿跟李林培说一下，商量商量什么时候请张智同合适。可李林培因为前番开超市的事儿正憋着气，整天都拉着驴一样的长脸，跟他说话时，还总是爱搭不理的样子，好像余锦欢欠了他的陈年旧粮。余锦欢也就懒得说了。她在心里直好笑，哼，瞧那斗气的样儿，等拿到新房的钥匙了，你李林培不叫我余锦欢"姑奶奶"才怪呢。

　　周六的中午，余锦欢打电话到张智同的办公室，约他晚上在春风大酒店吃饭。1997年，从沿海吹来的改革春风越来越强劲了，身居这个内陆城市，余锦欢是眼见着它一天一个样儿。耳闻目睹的，许多都新鲜得令人瞠目结舌，到处都是未知的气息，迷蒙、混杂、刺激，还有一分隐约着的躁动与不安，一切都像是等待穿过江面、驶向对岸的渡船。就说这个春风大酒店吧，其实才开张不久，但它的装修风格、设施、装备却是其他老酒店不可比拟的了，更让人惊讶的是它的服务项目，居然还有卡拉 OK。

说起这种卡拉 OK，还真是神奇，它给老的嫩的尖的钝的无数普通的嗓子提供了在公众面前尽情展示的机会，随之而来的，是新的旧的现代的古典的通俗的歌曲一律被空前热捧，人们从来没有如此热切盼望过夜晚的到来。于是，忽如一夜春风来，许多酒店像千树万树绽开的梨花，都打出了卡拉 OK 的服务招牌。一时间，浩大的声色得以在夜幕下无拘无束地伸张，人们仿佛大梦初醒一般——原来夜生活还可以这般丰富呢。

余锦欢想了又想，最后还是在春风大酒店预订了小包间。一来是它离集团稍远一点儿，遇到同事的概率要小一些；二来，万一张智同吃完饭余兴未尽，还得请他唱几支歌，舍不得孩子套不了狼吗。

傍晚六点整，门被打开的刹那，微笑着走进来的张智同陡然停住了脚步。余锦欢连忙趋步上前，为他拉开椅子。张智同的笑容隐去了，他的眼睛在小包间的每一个角落里逡巡。显然，他想见的梅西娅并不在座，令他万分失望。

余锦欢赶紧赔笑着道："张处，请坐请坐。"张智同僵着身子坐了下来。

菜上来了，黄酒也上来了。张智同爱喝黄酒，这个，余锦欢早就打听好了。正是 5 月的天气，暗香浮动在空气里，熏蒸着人体的每一个细胞。一切都处于微温的状态，琥珀色的黄酒无疑给周遭涂上了一层暧昧的光影。

余锦欢没有注意到这些。张智同的反应让她心里七上八下，因为梅西娅的缺席，自己想从集团分一套房子也许真的就成了空中楼阁。

其实，在昨天晚上，余锦欢就把请张智同吃饭的事儿跟梅西娅说了。不料，话还没说完，梅西娅就把她剩下的话给堵了回去："别把我拉上啊，反正我有事儿。"余锦欢再不好多说什么，只得自己硬着头皮继续了。

张智同挡住了余锦欢斟酒的动作，说："还是先说说你有什么事吧。"余锦欢没想到会是这样，一时竟不知说什么好。凭直觉，余锦欢还是决定先说说梅西娅，这样，至少这顿饭还不至于开不了局。

余锦欢一边说着自己昨晚请梅西娅作陪的事儿，一边就给张智同的杯子倒满了黄酒。当然，在现在的讲述里，梅西娅确实有万不得已的原因："她大学里最要好的女朋友晚上七点半乘火车去广州。人家是绕道从这里走，专门来看她呢。"这趟火车出发的时刻余锦欢最熟悉，哥哥余荣军每年都要坐着它南下，让梅西娅"最要好的女朋友"去这个地方，可以让这个编造的理由在细节上不至于露出破绽。另外，梅西娅的态度还应该是模糊的："来还是不来，其实她也很犹豫，因为每次都碰巧脱不开身，这次又是这样。"

张智同很少吃菜，只是一口一口地喝着黄酒，还不时掏出一方白底蓝格的丝织手绢擦擦嘴。余锦欢看了好几眼那只大大的手绢，心里不由得赞叹，在一次性餐巾纸开始横行的年代，却依然坚持使用这种精美的手绢，可见，儒雅的人到底是不一样的。余锦欢开始讲梅西娅和自己吃地皮摊儿，讲她的感叹，讲她在集团改制中无所谓的态度。张智同很少说话，似乎在非常认真地倾听，又似乎走神了。余锦欢觉得张智同其实也可怜，一门心思恋着梅西娅，却又撇不下高傲的架子。在这一点上，梅西娅和张智同这两人其实是蛮相通的，虽然各自的出发点不同，但都是一样的矜持。

说实在的，余锦欢很瞧不上这种矜持。深沉也罢，高雅也罢，既然谁也脱离不了地球的引力，谁也不能不食人间烟火，干吗非要把自己装得像广寒宫里的嫦娥一样？假如这面前的房管处处长像其他恋爱中的男人一样，把自己放低一点，俗一点，甚至死皮赖脸去追梅西娅，兴许早就不是现在这个样子了。

不过，那个死丫头可不好说，正因为比较了解，所以，余锦欢清楚，在这件事情上，最不好把握的恰恰是梅西娅。

已经是第三壶黄酒了，余锦欢讲到了自己和梅西娅探讨房子的事情，梅西娅关于集团那一百一十二套房子的判断自然是隐去了没说。

"她说，我最好是直接找张处咨询咨询。"余锦欢终究不好意思直接道出自己的目的，就这么婉转曲折地借用了梅西娅之口。

张智同脸色微红，眯缝着眼睛，放下举起的杯子，说："哦，她是这么跟你说的？"余锦欢使劲点了点头，道："是啊，她就是这么告诉我的。"说着又往张智同的杯子里续满了黄酒。

张智同一仰脖子，把一杯黄酒整个儿地灌了下去。余锦欢错愕地盯着他，只见他哈哈大笑道："好，好，我知道了。"

笑声里鼓荡着一丝说不清的味道。放纵？邪恶？不管怎样，余锦欢仍然无比高兴，人家当领导的，当然不好把话说得那么直接了，他说"知道了"，那就是答应了。只要他心里记着了这件事儿，这顿饭也就算没白请。

余锦欢站起来，托起酒壶，准备再给张智同续酒。张智同摆摆手，有些口齿不清地说："呃……这……糯米酒……劲大，我喝醉了，人家看到了……不好，去，把门……关上。"

余锦欢连忙去关上了门。一转身，张智同已经斜倚在了沙发上。他拍着沙发说："来，坐下，聊一会儿。"余锦欢就坐了下去。张智同指着自己的脖子说："热，帮……我松一下。"余锦欢看着那条红条纹的领带，想，看来他真的是喝醉了，就帮他松一下吧，于是就往前挪了一点儿。

还没伸出手，张智同就把她按倒在沙发上，同时把手绢塞进了她的嘴里。手被摁住了，余锦欢就胡乱蹬腿蹬脚。张智同整个人覆盖在她的身上，半昂起头，看着她的眼睛，笑吟吟地说："你……不是想要……房子吗？放心吧，亏不了……你。"

自己仓皇的挣扎最终被淹没在一片歌声里，余锦欢渐渐就没了力气。她闭上眼睛，任由张智同在自己身上扭动起伏。

终于，张智同气喘吁吁地叫道："看好了！"一堆白乎乎的东西就射在了余锦欢的肚皮上。

从容地系好裤子，张智同一把扯下手绢，又举起余锦欢的手道："可惜了……这么一双漂亮的手。"然后把手绢丢在那堆液体上，说："麻烦你……自己擦一下。"走到门口，又扭过头，笑歪歪地指着自己的鼻子说："告诉她，是我张智同……诱奸了你。"

七

　　余锦欢请了一个星期的病假没去上班。李林培问她到底哪里不舒服，她只说累了，想休息几天。在家休息就在家休息吧，李林培却总觉得余锦欢有些怪怪的，不愿外出买菜倒也罢了，可是，除了喂奶，竟连孩子也抱得少了。问她为什么，就只回答一个字：脏。

　　这下李林培不满意了，本来因为开超市的事儿还余怒未消呢，现在，除了买菜之类外出的活儿外，还得多抱孩子了，再加上两个人天天都待在家里，大眼瞪小眼的，不禁气上加气。人一生气，看什么都不顺眼。他原来一直夸赞余锦欢那双手，白皙嫩滑，十指修长，说一见它们伸出来，就有种想要被它抚摸的欲望，而且，每次看见电视里抚弄着各种琴弦的女人之手，李林培经常要做一番比较，然后总结道："你的手要是放在这些乐器的上面，就没人去听音乐，光去看你的手了。"这样的话，仿佛昨天还这样说过。

然而，现在却不一样了。李林培经常看见余锦欢盯着自己的手看。切着切着菜，她就会停下来，举起左手审视一番，然后拧开水龙头，反复冲洗，洗着洗着衣服，她也会停下来，盯住水里的手，愣怔好半天，然后把肥皂使劲儿往自己手上涂抹。李林培就怒火攻心，道："不就是一双手嘛，还能把它看出几朵花儿来？别以为人家表扬了你几句，就宝贝得不得了。"这里的"人家"，李林培实际上是代指他自己。但每当听到这些话，余锦欢就会一激灵，条件反射般地缩回双手。

余锦欢变得更加温顺了。李林培发怒的时候，她也不言语，只是低着头干活儿。虽然不愿意外出，孩子也抱得少些，但是，连李林培也不得不承认，余锦欢比以前更勤快了。每天，地板都要被拖上好几次，两个人的皮鞋也被擦得锃亮锃亮的，特别是做饭的时候，余锦欢总要事先征求李林培的意见，他想吃什么，她就做什么，有时还做好几个李林培从未吃过的菜。李林培挺高兴她的这种变化，他以为这是一种妥协和服软的暗示，这样一来，自己开超市就大有希望了。

显然，李林培揣摩错了。余锦欢沉默了许多。李林培有时吃得高兴，就在饭桌上兴致勃勃地讲自己的过去，余锦欢也不像原来那样，一遇到这种时候眼睛就围着他转，一脸的痴迷，现在她只是偶尔淡淡地附和几句，大多数时候竟像什么也没听见。星期五那天晚上，李林培想，余锦欢过了明后两天就要上班去了，就想跟她再谈谈开超市的事儿。可李林培刚一张口，余锦欢就说了两个字："睡吧。"李林培撑起胳膊，愤怒地侧过身子去看她的脸，却见她早闭上了眼睛，而且满脸的泪水。李林培这才觉得有些蹊跷，就扳过她的身子，问："你到底怎么了？"余锦欢转过头去，说："没什么。"

余锦欢从来没有觉得日子是如此的难熬。在亮堂堂的白天里，她渴望早点天黑，而在黑沉沉的夜晚，她又数着数字等待天明。妈曾经告诉过她，睡不着觉的时候就数山羊，可是，每次数着数着，山羊就变成了一头又一头的狼，恶狠狠地向自己扑过来。

余锦欢彻底失眠了。在这之前，余锦欢从来不知道失眠的滋味，哪怕白天喝了浓酽的绿茶，也绝对不会影响到她夜晚深沉的睡眠。梅西娅有时告诉她说，失眠是一件十分痛苦的事儿，余锦欢每次都会嘲笑她说，谁让你顶着一个聪明的脑袋瓜呢。

可是，自己却是因为顶着一颗愚蠢的脑袋瓜而导致了这致命的错误。整整一星期，余锦欢的脑袋像是装满了糨糊，并且，这团像糨糊一样的东西扭结成一团，像液体又像固体，强大而单一。每当李林培的鼾声响起，它就像一团黑云，不断聚集，从天花板上向自己睁着的眼睛压下来，有时又像水里的波纹，不断扩散，越来越大，似乎要迸裂眼眶。

如果闭上眼睛，黑云与波纹就会更加清晰。余锦欢觉得自己的眼睛快要死了。她想，眼睛疲累到极点后，肯定是会死的，那将是比瞎更为彻底的状态，到了那时，眼睛也就消失了，没有一丝痕迹留在脸上。

余锦欢想了又想，才明白，这个念头确实应该与自己的眼睛过不去，因为它直接来源于那团白乎乎的东西。当手绢被从她嘴里扯出来的时候，她本能地睁开了眼睛，然后毫无防备就看到了那团令人作呕的东西。她完全被它垄断了，她吃不下饭，看见饭就想吐，也看不得那些泛着白色光芒的东西，包括自己的手。谁说白色就象征着纯洁无瑕？全是胡扯！看吧，这世界都已经被肮脏的白色垃圾所统治了，人们却还在为它高唱颂歌！

明天就要上班了，不管别人是什么眼光，这个班还是要上的，不上班就更对不起这个家了。假如李林培知道了这件事，要离婚，那也是自己活该，如果不知道，只要这个家还是完整的，那么，两个人能过到什么时候就什么时候吧，她要把以后的日子全部用来赎罪。

整整一个星期，最后总算打定了这么一个主意，余锦欢发虚的身心稍微安定了些。看来梅西娅说得一点儿都不错，你余锦欢就是个贱性子，可以原谅世界上所有的人，唯独原谅不了自己。

在请假的第三天，梅西娅曾来过一次，进门就问："人都跑哪儿去了？"余锦欢正在卫生间里洗衣服，也没有答话，只是继续把自己的双手涂满肥皂。梅西娅也没跟李林培说什么话，径直就朝余锦欢走来。

余锦欢突然像掉进了又酸又辣的泡菜缸里，身体内每一道暗藏的潜流都在寻找突破的通道，左冲右突的结果，是全都汇集到了眼睛和鼻子里。梅西娅奔过去，把余锦欢满脸散乱的头发捋到耳后根，看住她的脸，道："欢姐欢姐，怎么了，啊？"

余锦欢能说什么呢？除了以虚弱的眼泪表达，她无法对任何人提起，包括梅西娅。那件事情，如果是土，余锦欢就用泪水把它冲走；如果是井，余锦欢就用泪水把它填满，可它是黑云和波纹，手一伸，它们就闪开了，手一合，它们就又来了。

如果梅西娅不那么倔，如果梅西娅愿意为我的房子放下她的矜持……如果就是如果，它改变不了既定的事实。余锦欢决定埋下这一切。

她不看梅西娅，只低着头任由泪水在脸上稀里哗啦地流淌。梅西娅不吱声，却拿脚重重地跺着。李林培抓了一把纸巾过来，递给梅西娅，说："没什么，一会儿就好了。"梅西娅抢白道："当然没什么了，疥疮永远长在别人身上。"

李林培本来就对余锦欢这一天到晚凄凄惨惨戚戚的样子腻烦透了，现在倒好，好心当成驴肝肺不说，还让梅西娅凭空抢白了一顿，心里就很是气愤，冲余锦欢发火道："朋友来了就做山洪暴发状，给谁看啊？"最后又瞪了梅西娅一眼，一扭身，干脆抱着儿子出门了。

有车子在楼下使劲鸣喇叭，梅西娅一边用纸巾给余锦欢擦泪水，一边说："我得走了，这段时间忙得不得了，天天开会。刚才是搭财务办事的车溜出来的。有什么事儿别老是放在心上，天又塌不下来，你不肯说，一定是有自己的道理，那你就自个儿好好消化消化吧，反正要把心情调整好。"

余锦欢没想到，梅西娅的忙确实是前所未有的。周一那天，余锦欢刚走进公司办公楼的大门，老远就看见一楼大厅里黑压压的人群，站的站，坐的坐，一律梗着脖子望着前面。前面临时放了几张桌子，正中坐着一个方脸大耳的中年男人，公司总经理、两个副经

理、总经理工作部主任、梅西娅依次坐在右边，左边的三个人余锦
欢一个也不认识。梅西娅看样子是在做记录，笔拿在手里，本子摊
开在面前。

群情激昂，站着的和坐着的人都在争先恐后地发言，总经理不
时说一句："不急，一个一个地说。"但是没有用，依然是一锅沸
水。那个方脸大耳的人皱着眉头，把嘴凑向话筒，说："同志们，
我再说一遍，你们的心情我们十分理解，但是，这是大势所趋，是
国家的大政方针，谁也没有办法。你们如果想反映你们的诉求，想
解决问题，总要让我们听得见吧？那么，就请保持安静，一个说完
了，另一个再说。"

有人喊："保持安静？说得轻巧，都这样了，还怎么保持安
静？！"方脸大耳的人立即大声说道："好，那你先说！"

这个人站起来，是制浆车间的老张。有一次，余锦欢挺着个大
肚子去车间取单据，这个老张正在车间核算员小张的办公室，看见
她，就对小张说："以后你就给人家送去，你看，人家跑一趟多不
容易啊。"其实平时都是小张送的，这一次，余锦欢因为临时需要
补一张单据，所以就自己来了。小张连忙点头说好。然后对余锦欢
介绍说："这是我爸。"余锦欢就记住了。

老张的脸涨得通红，说："1967 年建厂那会儿我就来了，那年
我十七岁，我是看着它一步一步走过来的，现在我他娘的都四十七
了，三十年啊，怎么说散就散了？好，就算散伙是他娘的没办法的
事，是大政方针，不能违背，我也没话说，可你们想想，像我这把
年纪，新厂子新厂子不要我，重新去找份别的工作，更是没人睬。"
老张越说越气，声音更高亢了，简直是在喊："当然啦，你们会说，

不是有补偿吗？可你们摸摸自个儿的心口问一问，这补偿能他娘的顶个屁？一年一千五，连现在工资的四分之一都不到，你们倒是说说，怎么养活一家老小？你们这不是成心让我们这帮穷工人都他娘的到政府门口讨饭去吗？"

散了？补偿？余锦欢觉得脊背发凉，她意识到那个老毛病又犯了，赶紧蹲下去，两手撑在地上。过了一会儿，人声才又重新清晰起来。余锦欢慢慢站起来，走出一楼大厅的门，向家走去。

不是才一个星期吗？怎么就这样了？为什么事先一点儿风声也没有呢？现在倒好，公司不要自己了，说不定过不了多久，李林培也不要自己了。余锦欢跌跌撞撞地走着，觉得自己就像是这个社会的弃儿，无处可栖了。

李林培倒是无所谓的态度，说："这下好了，公司彻底垮掉了，反正也不指望从公司分房子了，正好一心一意去开超市。"余锦欢恍恍惚惚地听见他说到房子，不禁一激灵，一下子清醒了不少。这么说，张智同以后跟自己打不上照面了！可见还是散了好，散了一切就都灰飞烟灭。

这种时候，每个人都在操心自己的饭碗，有谁会在意你余锦欢？世事变换如此之快，快得让人感激涕零，自己站在里面，不过是一滴水躲在大海里而已。开超市就开超市吧，也许这条路真的可以让李林培登上成功的殿堂。

中午，余锦欢做了个蹄膀火锅，还给李林培买了一小瓶酒。自己的奶水越来越少了，肯定跟这段时间的心情有关，儿子睡觉总是不太安稳，吭唧吭唧的，夜里还要吃四五次奶。李林培也辛苦，天天抱儿子不说，还要成天看她时刻可能就会滴下雨来的脸色。余锦欢心里充满了愧疚，自己真是犯浑啊，做错了事儿不说，还要让这错事扩散，让自己最亲的人都跟着受累。

余锦欢给李林培倒上一小杯酒，问："真的打算好啦？开超市？"李林培喜形于色，一把推开椅子，站起来，道："你同意了？"余锦欢点点头，李林培一仰脖子，一口就喝干了酒，饭也没吃，就去找王飞了。

余锦欢一边逗着儿子，一边大块大块吃着蹄膀。她决心要把奶水给吃回来。正吃着，有人敲门了。

门一开，梅西娅就急火火地说："快拿些东西去占间房，先递两把凳子给我。"

余锦欢十分费解，问："占房？占什么房？什么意思啊？"梅西娅说："过会儿再解释。"也不等余锦欢去拿凳子，自己就进了门，提上两把凳子就走了。

余锦欢看看家里，确实也没什么东西可拿，只好抱了儿子，顺手提了一把爹送来的松木椅，去追梅西娅。

眼看梅西娅小跑着到了原来集团修建的职工小区里，余锦欢这才明白了，是要抢这个房子啊。可这一百一十二套房子不是连工程款也没付完吗？抢了又有什么用？正愣着，许多人都闻风而来了。一时间，桌椅几凳锅碗瓢盆乒乒乓乓地响个不停。人们大声吆喝着，间杂着叫骂声。

梅西娅从二单元三楼伸出头来，对余锦欢喊："快上来呀！"余锦欢连忙上楼。梅西娅说："你把门锁上，就在这屋里待着，别出去，我再去拿些东西来。"

余锦欢就抱着儿子在屋里走来走去。这粉刷过的房子，好些角落都已经结蜘蛛网了，地上还有不少带壳的虫子爬来爬去。多好的房子啊！假如公司早把这问题给解决掉，职工不都享受好几年了？至少，总不至于让虫子们霸着这房子一统天下吧。

到处都是嘈杂的人声和杂乱的脚步声。等了好一会儿，梅西娅还没来，余锦欢就到阳台上去看。突然，有人在使劲捶门。余锦欢想，这绝对不是梅西娅，自己还是别开门了，就喊道："屋里有人了。"

余锦欢的意思是告诉他，这房子已经是我的了，你还是到别处找去吧。但是捶门的人像没听见一样，更不会去领会她的意思，而是捶得更凶了，最后简直是在砸门了。余锦欢一时没了主意，只好抱紧儿子，远远地站在客厅的中央。

门被砸开了，一男一女冲了进来，把一个木茶几"咚"的一声放在了地上。

余锦欢指着凳子说："我早就来了，请你们出去。"那女的毫不客气，尖着嗓子道："谁说这就是你的房子了？我占了，就是我的！"余锦欢也提高了声音："怎么这么不讲理？总得分个先来后到吧？"

那男的提起余锦欢带来的那把椅子，猛上前一步，瞪着余锦欢，说："不讲理？今天就让你看看怎么个不讲理！"说罢，几步就跨到了阳台上，把椅子扔了下去。

余锦欢气坏了，涨红了脸，一句话也说不出来。她看了看那个茶几，估摸自己一个人绝对搬不动。

男的吃准了她奈何不了，看也不看她，只对那女的挥手道："走！"正在这时，梅西娅提着乐乐的童车上来了，身后还有两个人抬着冰箱。

"是谁扔的椅子？"梅西娅盯着那个男的问道。从楼下上来时，她一定看到了那把被摔散了的松木椅。

那男的说："是我，你想怎样？"

梅西娅从余锦欢手里一把抱过孩子，一屁股坐在其中的一张凳子上，说："不怎么样。你不是力气大吗？来呀，最好把所有的东西都扔下去。"

那男的不吱声了，只拿眼睛盯住梅西娅。梅西娅也并不回避，看着他，微笑着说："其实，您在这里耽误半天时间，还不如赶快去找找其他的空房子，大家都不容易，虽说公司现在乱了套，但大家在一起共事这么久了，何况以后都要住同一栋楼房哩，抬头不见低头见的，俗话说得好，远亲不如近邻，以后说不定大家都要相互帮衬着过日子呢，相煎何太急？"

梅西娅又对那两个抬冰箱的人说："二位师傅，这两位哥嫂累了，再辛苦你们一下，麻烦把这个茶几抬出去。"

就这样，那对男女出了门。梅西娅付了十元钱给两位师傅，打发他们走了。

余锦欢十分担心，说："怎么把冰箱也抬过来了？这可是家里唯一值钱的东西啊。"梅西娅挤挤眼睛，道："就是因为值钱，才搬到这里嘛，要不然，人家还不随手把你的东西都给扔光了？"

余锦欢只有点头的份儿。梅西娅问："李林培哪儿去了？"余锦欢就说了要开超市的事情。梅西娅撇撇嘴，说："你真是糊涂，他那个人，唉，你以为拎了根棒子就真的变成武松啦？"余锦欢知道梅西娅又在替自己担忧，然而却听得稀里糊涂，什么棒子武松的，一时也懒得去琢磨。

梅西娅又道:"你瞧,偏偏这节骨眼儿上,就指不上他帮忙。"

余锦欢没在乎这个,她担心的是,大家都这么抢,会不会白忙活一场。

梅西娅说:"现在公司被南风曲酒业收购了,这些房子的遗留问题肯定是要解决的,既然大家都在一窝蜂地抢,那你也先住进来再说吧,到时候,新的公司也不至于把原公司的人一家家挨着赶出去,因为我们的补偿金不高,总不能让矛盾过于激化吧。"

"补偿金怎么算?"余锦欢总算有点概念了。

"原来是每人每年一千五,大家都不平衡,最后的方案是,工龄在十年以上的,统一每人每年三千,十年以下的,两千。"梅西娅说:"比如你,总共可以得到八千元人民币,发了小财啦。"

余锦欢没心思理会梅西娅的调侃,她只是想不明白,到底怎么会突然就散了。

梅西娅笑着点了一下她的脑袋:"你呀,说起来还是财务人员,却一点儿也不留意那些数字里透露的信息。其实,被兼并的方案在3月份就确定啦,只不过封锁了这个消息而已,我也是上个月才知道的。"

余锦欢还有许多许多的不解想问梅西娅,梅西娅却说:"事情已经是这样啦,问那么多也没用了,现在最要紧的是赶快搬进来住,最好今天就搬完。"

余锦欢想想也是,就给李林培发了信息,催他速回。然而,一直等到梅西娅和自己像蚂蚁搬家一样,一点点把一应物品差不多都搬到新房子了,才见李林培回来。

这时天已经暗了下来，已经是吃晚饭的时间了。余锦欢并没有问他迟回的原因。李林培却主动解释说，因为王飞出去了，等了好久他才回来。末了还说，超市快要开张了，最好早点把钱提出来，因为有很多东西需要准备。

房子的水电都通了，墙壁也粉刷好了，搬进来就可以住，当晚，三个人就在新家支开了锅做晚饭吃。余锦欢看着还没来得及收拾的一堆一堆散放着的东西，就叹了口气。梅西娅笑着道："是幸福的叹息吧？"

余锦欢像问她，又像问自己："你说，真的就会让我们白捡了房子？"

梅西娅一边帮着收拾碗筷，一边回答说："肯定不会白捡啦，你准备好，到时补交房款的通知一出，你就赶紧把钱交上去，态度积极点儿。"

这下余锦欢心里安定了些，她从来就不相信天上有掉馅饼的事儿，如果有，那也只能说明有更深的陷阱隐藏在必经的路上。得到之前，必须先有付出，用爹和妈的话说就是："天下只有劳动这一个理儿。"所以梅西娅这么一说，余锦欢才觉得这件事儿才有了那么个理儿，有了理，就有了存在与继续下去的基础。

躺在床上，余锦欢百感交集。这个散发着陌生气息的七十八平方米房子，像巨怪，先隐身嚼碎了自己的清白之后，又突然抛开所有的遮覆突然出现在眼前。如果可以，余锦欢宁愿现在就交了房款，和它清清楚楚地做个了断，即便是钱不够，即便是拗了李林培的心意暂时不开超市。

八

　　然而，十来天过去了，并没有谁来催交房款或者来清理这些楼里的住户。

　　住户们有的开始装修了。余锦欢是决意不装修的。一来要防备随时交房款，二来李林培天天催着要把钱提出来，说超市已经在装修了，自己要去联系进货渠道啊什么的。余锦欢问具体定在什么日子开张，李林培说就是下个月初。李林培还说门面就在王飞家的楼下，等开业了，你们娘儿俩就去逛逛。

　　"你是老板娘啦。"李林培说。

　　余锦欢表示自己现在就想去看看门面，李林培不同意。他的理由是，这是和王飞合伙开的店，开始就协议好了的，双方的家人不要参与进来，所有的事务只能由他们两个人决策。

余锦欢听着这理由就觉得别扭："谁说要参与啊？再说了，家人看个门面应该算不上是影响决策吧？"

李林培的脸红了一下，想了想，说："欢啊，合伙开店是很不容易的一件事儿，定下了规矩，就一定要遵守。你要去也不是不行，得开业后再说嘛。"

余锦欢就没再坚持，问他到底要出资多少，李林培说："早就说好了的，一万二。"余锦欢打算先给五千，把该办的办一些，再出剩余的钱也不迟。李林培却说："你完全不懂，这每个人的一万二，都是精确计算了才确定的出资额，就是这开业期间要用的，何必分两次取？"余锦欢想了想，还是只给了七千。

果然，李林培从此天天早出晚归了，还总是十分疲惫的样子。

余锦欢开始为自己的工作操心了，老这样下去，还不坐吃山空了？她偶尔也抱着孩子到楼上楼下去串串门儿，打听一些消息。大部分同事天天跑人才市场，有一小部分在筹划自己做生意，还有一部分人干脆离开了这个城市，外出打工去了。

同事们在一起，经常就会互相询问，谁谁谁去了哪里，毕竟同事一场，一个人站稳了脚跟，兴许可以帮扶一大片哩。那天在楼上陈小燕家，几个人就说到了集团里的两个研究生。

其中一个就是张智同。陈小燕说："你们不知道吧？最有骨气的是张智同，听说南风曲给他开的工资是每个月五千哩，他就是不去。"

"那他上哪儿去了？"其他几个异口同声地问。

"听说到海南去啦，打工去了。"陈小燕一脸的敬佩："像他这样的人，走到哪里都无所谓，人家都争着抢着要呢。"

余锦欢借口儿子要睡觉了，就赶快下了楼。儿子真的不一会儿就睡觉了，余锦欢也躺下来，用被子蒙住头。

他当然应该走，别让我余锦欢再遇见他！余锦欢在心里咬牙切齿。她曾经设想了一千次遇见他时的情景，一千次都是自己抽出随身携带的水果刀，一刀刺向他的心脏。

每次在这样想过之后，自己就轻松了些，轻松一些之后，这种场景就一次次被否定了。是啊，刺中了怎么办？李林培呢？儿子呢？这个家呢？还有……张智同的父母呢？

现在好了，他总算是离开了自己所能够的杀伤范围……正乱七八糟地想着，梅西娅提着一些日常用具来了。

余锦欢揉着眼睛，以为自己看错了。梅西娅嘻嘻笑了："放心吧，我不是到你家蹭吃蹭喝蹭地盘儿来的，这些东西反正我也用不上了，就给你啦。"

原来梅西娅要到南风曲酒业去了。"有单身公寓哪，里面什么都是齐全的。"

"具体什么职位？"余锦欢由衷感到高兴。

梅西娅道："我们是竞聘上岗呢，我还是在总经理工作部，办公地点也到深圳路去了。"

深圳路位于开发区，以后两个人见面，恐怕就没那么容易了。梅西娅亲了亲小家伙熟睡的脸蛋，轻轻地说："还不是在一个城市里嘛，又有多远呢？"

可余锦欢还是觉得陡然间孤单了许多。就像两棵玉米苗，虽然都在同一块地里，却一个在南一个在北，一个在阳光地带，一个在阴暗旮旯，中间隔着许多大大小小的泥土石块，两个人的位置，早已被精确地圈定了。那么，圈定各自位置的究竟是什么呢？

也许是看不见的命运之手？余锦欢自己把自己给吓了一跳。一抬头，看见梅西娅正望着自己，就连忙掩饰道："我们好好做顿饭吃，给你庆贺庆贺。"

梅西娅拽住她，说："不用了，我还得回去收拾一下，下午就要去报到了。"顿了一会儿，又问："你有什么打算？"

说实在的，余锦欢一筹莫展，甚至工作与不工作都还无法确定，如果真的去工作了，谁来带儿子？这次不比李林培下岗的时候了。那时，李林培在家闲着不说，就是自己在公司上班，一天也还有两次哺乳时间，再加上公司管理不严，家里一有事儿，随时可以开溜。现在不同了，李林培不可能抱着儿子守在超市里，而现在的人才市场列示的招聘信息，财务人员工资都不高，如果自己去上班，再找个保姆带儿子，似乎也并不划算。

梅西娅说："工作肯定是要找的，哪怕是李林培的超市生意做大了，也还是不能没有工作，只不过现在不合适，乐乐这么小，还要吃奶呢，依我看，今年你就在超市里帮忙算了，明年再找工作也不迟。"

余锦欢告诉梅西娅，超市不用她去帮忙，反正是合伙，李林培一个人去就行了，还说了李林培的那套理论。

"纯粹是胡说！管他什么理由啊，你是他明媒正娶的夫人，想什么时候去就什么时候去，谁还能挡得住？"梅西娅完全是咄咄逼人的语气。每次说到关于李林培的一些事儿，梅西娅多半就是这种样子。余锦欢就有点不痛快了。梅西娅见余锦欢沉默了，就说："好啦，我走了，照顾好你自己。"

李林培却极力赞成余锦欢去找一份工作，他说："找个保姆好，你挣的工资支付保姆的工资总是绰绰有余吧？还有，你要是长期不参加工作，专业就荒废了，以后怎么办？到那时再出去找，就没那么容易了。"

余锦欢觉得李林培说得很有道理，可是，她又担心自己一旦上了班，就不得不给乐乐断奶了，因为到了私营企业，可不像原来在东升集团上班那样自由了。李林培认为这不是个什么问题，现在好多孩子都从生下来就开始吃奶粉，比吃母乳的孩子健康多了。"何况我自己还开着超市呢，奶粉有的是。"李林培说。

没过几天，余锦欢就联系到了一个保姆，三十九岁，是湖南湘潭一个什么地方的农村妇女，跟楼上的陈小燕是表亲。余锦欢称她为廖姐。

廖姐说儿子要上高一了，丈夫腿又有残疾，光靠几亩薄地抠不出什么钱来，自己就出来打工了。余锦欢看着她黑红的脸和粗糙的手，心里怪酸涩的，不禁心生感叹，城里人没有土地，只好去打工，农村人有土地，怎么也要出来打工呢？这世上的好日子到底都跑到什么地方去了？想想自己，比起他们还算好些，至少是还没有背井离乡。

廖姐做事很麻利，带孩子也很有经验，看来付给她一个月一百五十元的工资也很值得。余锦欢就放心去人才市场了。

这个城市有三个大型的人才市场，一个在城东，一个在城西，还有一个在市中心。城东的那家叫天天人才市场，每天都开放；城西的那家取名"拼搏"，只每周日开放；位于城中心的叫好日子人才交流中心，每逢周一、周三、周五才开市。一个星期下来，余锦欢跑遍了这三家人才市场，挤掉了两颗上衣的扣子，递出去了十二份简历。

只有两份有回音。其中一家是房地产，另一家是广告公司。那家房地产公司打电话到家里时，乐乐要睡觉了，又哭又闹，廖姐抱着他在客厅里转来转去，嘴里不停"哦哦啊啊"地哄着。余锦欢激动地举着话筒，认真倾听着："你的孩子还不大吧？"余锦欢老老实实答道："是的，才半岁。"

"哦，那好，以后再联系。"立刻，电话里就只剩"嘟嘟嘟"的声音了。

再有电话打来，余锦欢就让廖姐先把孩子抱出了门。果然，那家广告公司通知她星期三上午九点钟去面试。那天，余锦欢刻意穿了那件翠绿色风衣式短袖连衣裙，还是生完孩子后梅西娅陪她买的。梅西娅说："你穿来穿去就那几件衣服，这会儿孩子也生了，夏天也快到了，总该给自己添件衣服了。"就帮她挑了这件。现在看来，这件衣服买得还真及时，否则，自己简直不好意思去参加面试。

余锦欢提前十分钟到了，一进广告公司办公室门前的走道，许多个脑袋就齐刷刷地望了过来。这些人都提着或挎着包，神情严肃地坐着。余锦欢想，自己只怕是最后一个来报到的了，于是就挨着队伍末尾那个梳小分头的男人坐了下来。

前来应聘的大多都是女性。偷眼打量她们粉嘟嘟的脸，余锦欢就一点信心也没有了。快要十一点半了，终于有个女孩打开门，叫余锦欢的名字。

余锦欢忐忑不安地走了进去，看见一个瘦瘦的男人靠桌子的右边坐着，正对面应该就是老板了。余锦欢心想。

瘦男人问："是本市人吗？"余锦欢说："是的。"男人又问："有孩子了吗？"余锦欢低下头，答道："没有。"

瘦男人狡黠地笑了："简历写得简单，照片也没贴，够神秘的啊，没有孩子，难道说你天生就这样的身材？"

余锦欢抬起头，一言不发地盯着他。一直摸着下巴、眼睛望着窗外的老板扭过头，对余锦欢摆摆手，说："好吧，你可以走了。"

余锦欢使劲拉开门，跑过楼道，跑到大街上。6月末的天气，灼人的热浪从水泥地面蒸腾而起，像火苗一样舔舐着人的肉体，行走的人们像是被什么追赶一样，急急地奔向一处又一处，各种颜色的车辆驮着太阳反射的刺眼的光芒，匆匆忙忙流向四面八方。余锦欢大步流星地走着，她要让这头顶有毒的日头晒干自己的泪水，晒化自己的心情。

打开自家的门，乐乐正冲着她笑呢。余锦欢喘着粗气接过儿子，看一眼墙上的挂钟，才知道，自己竟在正午的太阳底下走了将近一个小时。乐乐吃着奶，不时斜着眼看看她的脸。余锦欢就想，自己也是，干嘛要隐瞒呢？怎么就不理直气壮地回答他们呢？有孩子怎么了？谁不是从孩子慢慢长大成人的？纵然他们是以选美为目的，你余锦欢也犯不着跟他们这帮不知自个儿来自何处的人生什么闲气，天下之大，这样的人、这样的公司毕竟是少数，刚才受的侮辱，就当是大冬天拿冷水洗了把脸吧。

余锦欢照样天天往人才市场跑。一个月快过去了，终于有家商贸公司录用了她。谈妥的条件是月工资五百元，每周休息一天。这家商贸公司的老板是个女人，三十五岁，独自抚养上中学的儿子。

女老板叫沈丹芬，**特别精明**，但很讲信誉，生意做得不错，经营的范围也很广泛，大到建材，小到日用百货，只要有钱可赚，什么都做。余锦欢除了做一套实际的账，还得做一套对付工商税务部门的假账，其他如开票啊、催讨货款啊等，也是余锦欢分内的工作。尽管有时连星期天也不能休息，余锦欢仍然十分珍惜这来之不易的工作。

时间处长了，沈丹芬对余锦欢越来越信任了。没有生意的时候，她常常待在余锦欢的办公室里，掏出镜子，细细地描眉，一支接一支地抽烟。她对余锦欢说，男人天生就是贱货，眼睛里见不得一丁点儿钱和色，只要口袋里稍微鼓一点，那就一定会去寻色，寻到了色，又回过头来满世界地找钱，他们忙来忙去，就为这两样东西。她还说，千万别相信什么夫妻之情，夫妻从来就只能共患难艰苦，不能共荣华富贵，就算是平淡的日子，也照样守不住。

原来，沈丹芬二十岁就跟着丈夫从河南南阳来到了这个城市。两个人先是进了一家印刷厂当工人，后来自己租门面做印刷生意，亏了，就开餐馆，赚了一些钱，就又投资开了个糕饼店。糕饼店开张后不到一年，丈夫就很少回家了，先是跟一个银行的女人纠缠在一起，被沈丹芬发现后，干脆偷偷把糕饼店卖了，跟一个发廊女跑到广州去了。

"他就这么丢下十几年的感情和十几岁的儿子，跑了。"沈丹芬慢悠悠地讲着，一点儿也不激动："可你说说，找什么人不好，偏要找个发廊女？就算是跟那个银行的女人跑了，好歹也还不算太掉价儿吧。"

听她的语气，似乎对那些人和事已经没有一丁点儿怨恨了，只有怜悯，正是这些怜悯让她显得居高临下。可余锦欢却听得义愤填膺，觉得她未免也太宽容了，怎么能如此听之任之呢？

沈丹芬长长地吐了一口烟圈，迷蒙着眼，反问道："哈，依你的意思，我得去杀人？去剥了他们的皮？"余锦欢说："上法院啊。"

沈丹芬侧下身子，窝进沙发里："赢了官司又能改变什么？我就能把他给拽回来吗？我和儿子就会过上好日子吗？我从此就会快活了吗？算了吧，生活就是那么回事儿，顺当的少，不顺当的多，总有些坑儿等着你，而且它们的周围布满了诱发冲突、带刺带刀的栅栏，如果你非要硬闯，要么就会撞上栅栏，要么就会掉进去，不丢性命也会头破血流。"

"最好的办法就是绕道走。"沈丹芬的结论让余锦欢深以为然。是啊，看看她现在的生活状态，虽然带着满身的伤，但并没有倒下去，她让自己不怨，不怒，不恨，终于还是成功地绕过了那些诱发冲突的栅栏。这么说，关键在于自己，在于自己的控制能力。余锦欢脑海中浮现出负着大雪的松树，心想，看来许许多多的人其实活得都像一棵松树。

吃晚饭的时候，余锦欢就讲了沈丹芬的故事，廖姐很认真地听着，还抹了好几次眼泪，只有李林培没听完就离开了桌子。

余锦欢突然想起超市开业都快两个月了，自己一直忙忙乎乎的，也不知经营状况到底如何呢。

李林培无比疲惫的样子，说："你以为开张了就能赚钱？每天都是逛的人多，买的人少，这是新鲜事儿，人们还没有完全接受，大多数都在观望哪。"

余锦欢着急了，问："你不会是说钱都赔进去了吧？那我一定要去看看。"

"货都在嘛，说什么赔不赔的？我们又不卖生鲜食品，当然就更说不上亏不亏了，你去看什么看？当初你钱都不舍得给足，自然就导致了货品不全嘛，如果我是顾客，我肯定要在货品充足的店里选购啊，这是再简单不过的道理了，再说，未必你看一眼就能大赚特赚了？"李林培躺在床上，斜眼看着余锦欢。

余锦欢听着就不太舒服了，照李林培这么说，超市不景气还都是自己一手造成的了？再者，看与不看，也不见得就是这么一回事儿吧。李林培见余锦欢不言语了，口气就柔软了些，说："欢，我是说你太忙了，不忍心让你操那么多心，你看，你和乐乐喜欢吃的东西，我不都常常从店里拎回来了吗？就是省得你奔来跑去啊，做生意嘛，刚开始不都是这样？你还信不过我？就别瞎着急了。"又搂着她的腰说："你就把你的班上好，把乐乐管好，其他的事一概别管，有我呢，我是男子汉，我保证会让你们母子俩过得舒舒坦坦。"

九

忙碌让余锦欢感觉十分踏实和安稳，忙碌的日子像长了腿，跑得飞快。过完元旦，乐乐就要满周岁了。

元旦这天，老板拿出一百元钱，对余锦欢说："谢谢你尽心尽力地工作，这一百元呢，算是节日费，从今年开始，你的工资涨一百，每月六百。"

余锦欢好不容易控制住了自己的情绪没有过分喜形于色。她打定主意，今晚一定要烧几盘好菜，好好庆贺庆贺，就比平时提前两个小时下了班，专门绕到医院旁边那个大型的菜市场去买菜。信步走着，余锦欢不禁发出感叹，好久没来啦，这个菜市场变化真是大呢。中间是一眼望不到头的白色瓷砖台面，绿的青的红的紫的白的黄的各种蔬菜一溜摆过去，仿佛都冒着鲜活的香气，与这些蔬菜隔着宽宽走道的两旁，一边全是卖肉或者卖早点的独立小店，另一边是卖干货或者日用杂品的超市门面，头顶高高的绿色顶棚承接着冬天的阳光，看起来特别明净和素洁。

余锦欢走走停停，一会儿看菜，一会儿看人，她觉得自己的眼睛和耳朵简直忙不过来了。眼看天色渐渐暗了下来，余锦欢两手提满了东西，往市场外走去。快要出市场的时候，余锦欢想起还有酒没买，就又折了回去。

第一家超市卖神农架土特产。余锦欢进去转了转，无非是什么香菇木耳松菌天麻之类的，跟老家拐枣树坡差不多，都是山里出产的东西。余锦欢无声地笑了笑，就走进了第二家超市。

正好是一家副食品小超市。一进门，余锦欢就去寻找卖酒的货架，却猛然听见凳子倒在地上的声音。抬眼望去，余锦欢顿时目瞪口呆，竟然是李林培和一个女人一起杵在那里！余锦欢脑袋"轰"的一声，眼前立刻暗了下来，手里的菜就四散坠去。

她模模糊糊听见李林培在叫"欢，欢"，接着就什么也不知道了。

醒来的时候，余锦欢看见自己躺在床上。四周全是陌生的摆设，很拥挤的样子。李林培见她醒了，就把红糖水递过来。

余锦欢坐起来，一把推开杯子，问："还有个人呢？"

李林培低下头，小声说："你是说王菲呀？她有事儿出去了。"

余锦欢冷笑道："你不怕她跳江去了？王飞？王飞不是你的同事吗？不错呀，原来这个名字还真有其人啊。"

李林培红了脸，又把杯子端过来，说："欢，求求你把它喝了吧。"还求求我，怕是为你的王菲求的吧。

余锦欢夺过杯子，"啪"的一声摔在地上。看着一地的碎玻璃碴，余锦欢心想，要是它们全部都刺向自己，那该是多么地痛快淋漓啊！余锦欢只想快点离开这个地方，就一脚蹬上鞋子，趿着鞋往外冲。

余锦欢脑海里乱纷纷的，像是下着漫天大雪。凭感觉，那个女人就是在商业街被李林培揽着腰的女人，她到底是谁？两个人究竟是从什么时候开始的？余锦欢对自己彻头彻尾地失望了，怎么就那么笨呢？怎么就忽略了她的存在呢？怎么就一次又一次相信了李林培的鬼话呢？怎么就真的以为有了个家就足以击败一切呢？

哈，岂不知李林培有两个家呢！余锦欢不由自主地就想起了婆婆那些怪异的言行和李林培那些不自然的笑容，原来如此！原来如此啊！

李林培极力怂恿自己去找工作，百般阻拦自己去看超市，一切都皆有缘故啊……余锦欢使劲拍自家的门，李林培抢步上前，掏出钥匙开了门。

他是谁？居然开自家的门！余锦欢进屋后就"嘭"地撞上了门。不是故意，真的，不是故意，是自己不认识这个人。余锦欢一边想着，一边就往卧室走去。廖姐抱着乐乐走过来，惊问道："小余，你怎么了？！"余锦欢看也没看他们一眼，就把卧室的门关上了。

倒在床上，余锦欢这才清醒了些，就像有千万根钢针扎进了骨头，只是自己完全感觉不出这些疼痛到底是从哪一个方向覆盖过来的。它们像千军万马，带着雷霆般的蹄音，踩过来，踩过去，一轮又一轮。余锦欢在心里喊道：余锦欢，你一定要冷静！冷静！冷静！

她挣扎着起床给老板打了个电话，请了明天的假，这才又重新倒下去，确实是应该停下来仔细想一想了。

李林培轻轻地推开门走了进来，拉开梳妆凳，远远地坐在床角。那个梳妆镜和梳妆凳，还是两人结婚时添置的唯一家具。当时李林培说："欢，我买不起金银首饰送给你，就送给你这一套东西，让你每天都美美地对镜梳妆。"多有诗意啊！现在，梳妆凳淡粉色的喷漆有的已经脱落了，瞧，它们多像自己的爱情，斑斑驳驳，千疮百孔，完全经不起日子的磕磕碰碰。

余锦欢没有动，也没有表情。谁也不说话，只有床头的闹钟在嘀嘀嗒嗒不知疲倦地走着。天完全黑了下来，一切都坠入了黑暗之中。李林培最终还是开了口，只是声音里的水分仿佛被黑暗吸走了，显得皱皱巴巴的。他说："欢，我一直是爱你的，这点你要相信……我知道伤了你的心……本来我想早点告诉你的，可是，一直没有勇气……今天我就全部向你坦白交代。"

余锦欢本想说，滚出去，自己什么也不想听。但是现在，她确实连说这话的欲望也没有了。

李林培说，自己跟王菲青梅竹马，当年还在城郊雾水河村的时候，两个人就住在一起了。余锦欢在心里冷笑道，还蛮时髦的吗，那么早就同居了，未成年啊。

"村里人都这样，把这些事看得很平常。"李林培替自己解释道，"但是，我们一直没有孩子，后来搬进城里，在拿结婚证之前，她背着我做了个检查，知道了自己没有生育能力，就死活不跟我结婚了。"

"但是她爱我。"李林培把梳妆凳搬回原处，说："欢，我知道现在说什么都没用，不过，反正我什么都说了，事情就是这样，要杀要剐都随你，不过我还是要说一句，不管怎么样，别怄坏了你自己的身子。"然后就拉开门走了出去。

呸，什么玩意儿！原来自己深爱着的人竟是这样的恬不知耻！还有脸说什么"她爱我"！呸呸！作为一个男人，难道因为另一个女人的爱，就可以理直气壮地对自己的妻子儿子家庭熟视无睹？更不要脸的是，既然青梅竹马两情相悦，干嘛还要找我余锦欢？还说什么"欢，我一直是爱你的"，呸呸呸！全是从地狱里搬出来的鬼话！

自己不过是为他传宗接代的工具吧！想想，多么难为他啊，从认识到现在，那么多的甜言蜜语，那么多迟归的夜晚，那些推销啤酒的日子，还有煲的汤，开的超市……他得编造多少谎话来周全这一切，可怜的余锦欢，你是把心都掏出来了，还要熬成滋补汤端去给人喝啊！

恨归恨，余锦欢心里清楚，自己不能躲在床上一辈子。第二天上午，肿眼泡腮的余锦欢还是决定去找王菲。

王菲正在打电话，一见余锦欢进来了，立刻捂着话筒小声地说了一句什么，然后就挂了电话。

余锦欢担心自己又会冷不防被美尼尔氏综合征袭击，所以就直接在桌子前那张唯一的凳子上坐了下来。王菲挪开身子，交叉着双腿，斜身靠着货架站着。

这是余锦欢头一回与这个女人面对面。余锦欢认真打量了一番，觉得她的长相实在说不上很突出，不算标准的鹅蛋脸，并不明显的双眼皮，嘴唇有点外翻，脸上还星星点点地散布着一些雀斑，不过，妆倒是化得相当细致，跟那一头浓密的卷发十分相配。这个女人穿着一件湖蓝色长棉袄，一条蓝黑相间的超短格子裙，一身的妖气。余锦欢心里不禁一阵绞痛，这一身，该有多少是用我余锦欢省吃俭用节约下来的分分厘厘堆砌而成的？

但她还是尽量用了平静的声音："说吧，打算怎么办？"

这个女人自上而下望了望余锦欢，嘴角竟牵出几分笑意："你不是打算好了才来找我的吗？"

余锦欢恨不得冲过去掴她一耳光，但她还是压制住了自己，然后慢慢站起来，向外走去。她一句话也不想说了，她感到自己来这里完全是个错误的决定。

女人从后面追上来，大声说："实话告诉你吧，我根本不想跟他在一起，是他死皮赖脸缠着我的，这个超市就是他专门为我开的，不信你问他，你要他回去更好，我绝对不跟你争。"

余锦欢没有回头。他们想怎样？联合起来把我搅成南瓜糊糊？虽然以前自己就是南瓜糊，可那是因为爱，是爱，让自己变得只看得见脚下的蚂蚁而看不见远处的大象，可是现在不会了！以后也不会了！永远都不会了！

余锦欢慢慢走到了江边，她感觉自己走了好远好远。前面就是那头母鹿和小鹿的铜像，小鹿懒洋洋地趴着，母鹿低下头，嘴唇蹭着小鹿的脸，就快要触到地了。梅西娅曾经对这组雕像发表过评论说，鹿嘛，脖子都有那么长，干嘛非要让母鹿的嘴巴啃地呢？干嘛不让它的脖子绕过小鹿的颈子呢？又努努嘴说："你瞧，地下全是光秃秃的水泥，一根青草也没有，有什么好啃的嘛。"余锦欢就哈哈大笑，梅西娅端着脸，一本正经地望着她，道："我说的都是实话嘛，有什么好笑的嘛？"话音刚落，两个人就炸鞭炮似的一起爆笑了。

那时，余锦欢抱着一袋瓜子，梅西娅提着一个塑料袋装瓜子壳儿，两个人在春天的阳光下顺着上游往下游边走边吃。现在，阳光照旧明晃晃地挂在天上，鹿还是一副懒洋洋的样子，夹竹桃仍然长得蓬蓬勃勃，从两旁弯向路的中间，只有靠江的那一面，垂柳已经在隐隐约约地抽芽了，侧望过去，那些新芽还没有遮住的枯枝秃干，正一动不动吊在江面的上空，像木雕画。江水仍然不急不缓，那些木质的渔船，也许是刚刚刷了一层新的桐油，正泛着金色的光芒。

笑声远了。也不过三年的时光，自己的人生就真的不堪回首了，一切果真都已不复如昨。记得一个叫作赫拉克利特的人说过：人不能两次踏进同一条河流。原来不理解，现在终于有所悟了。是啊，一切都只不过是时间的表达方式而已，河流是，太阳是，鹿是，夹竹桃是，垂柳是，船是……城市是，家是，人是，自己更是，相对于时间，一切都毫无意义，一切都终将不是原来的一切。

而可笑的是，自己却还一味要在这个城市安家，还要指望它永固不衰。就是为着这个目的，自己才一直在追着撵着跌跌撞撞地向前跑的吧，多么像夸父追日啊！可人家夸父是神仙，你余锦欢算老几？不过是泥地里的一棵草，茫茫大海中的一滴水，竟然还想跟着太阳跑，真是蠢上天了！

这么说，最根本的错误终究在于自己最初不该有在这个城市安家的念头？想想，这个城市该是多么地拒绝自己啊，工作、生活、爱情，没有一样不是铁壁铜墙，自己总是兴冲冲地毫无顾忌地扑上去，最后却总是不破即伤。

破就破吧，伤就伤吧，离婚！管那个女人是真小气还是假大方，不愿争的是我余锦欢，我要用实际行动告诉他们，我余锦欢不在乎，不在乎！没有你李林培，余锦欢会过得更好！

李林培这一天没有到超市去。余锦欢一进门，他就迎上来，满脸堆笑："欢啊，你到哪儿去了？快把我急死了。"余锦欢鄙夷地瞥了他一眼，在心里啐了他一脸的口水：装模作样的东西！

余锦欢从廖姐怀中接过向自己张开手臂的乐乐，对廖姐说，晚上多做几个菜。她要让李林培好好看看，她余锦欢是打不垮的。

吃饭的时候，李林培没上桌子，廖姐小心翼翼地对余锦欢说："小余，你就发个话吧，让小李一起过来吃，啊？"余锦欢想了想，就点了点头。

李林培挨挨擦擦地走了过来，斜着半个屁股坐下了。余锦欢越看越生气，家里没人的时候，从来不见这样，有个人在，就装孙子了？倒处处显得是你李林培委曲求全？吞下最后一口饭，余锦欢把乐乐举起来，给他抻好抱裙，说："明天去办离婚手续。"

李林培推开碗，一下子就跪在了地上，也不说话，就那么低着头跪着。廖姐忙不迭地拉他起来，嘴里连连说："快起来快起来，这是干什么啊？！"又侧过头，对余锦欢说："小余，你看看你看看，什么事情好好说不行，非得这样？"余锦欢抱着乐乐，起身就到卧室去了。

一进卧室，这几天憋着的眼泪像开闸的河水一样，哗啦啦就冲了出来。李林培跟了进来，又跪了下去。

乐乐绞着余锦欢的头发，往他自己的脖子上蹭，咯咯咯笑着。

余锦欢越发心酸，终究没忍住，不禁痛哭失声。

廖姐走进来，接过乐乐，带上门，出去了。

李林培仍旧跪在那里，也是鼻涕眼泪一大把。哭完了，余锦欢总算好受了些，一看李林培还跪着，不禁又气又恨。自古男儿膝下有黄金，早知如此，李林培你又何必当初呢？

李林培抽抽噎噎地说："欢，我知道，你没错，全是我的错，是我对不起你。"

"你没错！"余锦欢听着李林培着重强调的这几个字，仿佛有含沙射影的意味，不禁打了个寒战。是不是指张智同？难道他知道了？转念又一想，知道了更好，也用不着解释了，两个人就算扯平了吧，谁也不欠谁，正好分开。

李林培又小声小气地说："我知道，也没什么好解释的，我只求你千万别离婚，我们父子俩都离不开你。"

"你的东西你搬走，包括你的补偿金，也全拿走，我一分钱不要，儿子归我。"余锦欢不理他，自顾自宣布道。

"不管怎样，我是不会离婚的！"李林培低着头说，却字字清晰。

李林培的态度十分坚决，余锦欢把离婚协议都写好了，他也不签字。一个人办不了离婚手续，总不能去打官司吧？余锦欢只好强打起精神，先去上班了。

这份工作是无论如何也不能放弃的，且不说来之不易，更主要的是以后自己肩上的担子更重了，要独自养大儿子，谈何容易？所以要分外珍惜才是。

屋漏偏逢连夜雨。房子的催款通知也下来了，一共是二万三千五百元。余锦欢当晚拿出所有的存折，也就两个，全部加起来，也还差一万四，这下余锦欢犯难了，自己本来想，坚决不用他李林培的补偿金解决房子问题，但一时间又上哪儿筹这么多钱去？

当晚，余锦欢给梅西娅打了电话，说了要交房款的事，希望她能周转一把。梅西娅在那头觉得奇怪，问："为什么不用李林培的补偿金？"

这段时间发生的事，余锦欢一个字儿也没对梅西娅提。在她的心里，正因为这一切都太契合梅西娅最初的预言了，所以，她就本能地回避了。而且，梅西娅到了南风曲公司，比以前忙多了，两个人打电话，总是匆匆忙忙的，多数时候只是问个好就挂了。

但余锦欢也不想对梅西娅说谎，就说："反正不想用，你就帮忙想想办法呗。"

梅西娅说："欢姐，我可以在别人那儿帮你借，凑齐这个数，但你并没有说服我的理由，因为这房子是你们的共同财产，为什么付房款的时候却要分清他的和你的？"

在开口之前，余锦欢就明白，梅西娅本人是绝对拿不出这么多钱的，她的工资收入自己也不是不知道，可她清楚，只要自己张了口，梅西娅就一定会想办法帮忙解决。再说，自己也确实没人可找，借钱不比其他，即使天天相遇笑面相迎的人，一旦提到"借钱"两个字，那脸色准保就会大变。

但是，她没想到梅西娅会这么将她一军。她本来一门心思就是想要和李林培分开，再不想与他有任何牵扯，可这理由能跟梅西娅说吗？即使说了又能说服得了她？而自己更是忽略了一个实际问题，那就是这房子是她和李林培的共同财产。

梅西娅在那头说："你们之间怎么了？发生了什么事？"余锦欢缄默了一会儿，说："没怎么，就吵了一场小架。"

梅西娅说："吵了一小架？不会这么简单吧？一定是发生了什么大事，现在在电话里也不方便说，这样吧，这个星期天我过去，好久没见乐乐啦。"停了停，梅西娅加重了语气说："不过，欢姐，不管是什么事儿，你都不要犯糊涂，这房款，两个人都有份，不能你一个人出。"

挂了电话，余锦欢真是犯了难，李林培死咬着不离婚，梅西娅又扛着这个理由不放，自己还真是没办法可想了。

李林培这次倒是出奇地慷慨。他说："欢，其他的事情暂时先放下吧，怎么说也得先把房款交了，就把我那赔偿金先用了吧。"余锦欢不是不明白，一旦错过了这次机会，自己就再也没有能力为乐乐在这个城市挣下栖身之所了，哪怕是只砖片瓦。

十

　　只能如此了。在交款期限的最后一天，余锦欢怀揣着李林培和自己的补偿金，还有这几年来自己的银行存款，总算是凑凑巴巴地交上了房款。在房产证上签名的时候，李林培说话了，他说："欢，这房产证的名字还是由我来签吧，我的补偿金就全含在这房子里了。"余锦欢没在意，她太激动了，她认为这是自己为乐乐做的第一桩了不起的事儿，有了房子，乐乐就是这个城市正儿八经的主人了，至于这个房产证，签谁的名还不都一样？反正最后都是乐乐的财产。

　　星期天下午，梅西娅果然来了。几个月不见，梅西娅瘦了不少，精神却很好。两个人简直有说不完的话儿。梅西娅说在南风曲上班特别紧张，总是有干不完的活儿。"不过，我喜欢，这样才有意思。"梅西娅有种掩饰不住的兴奋。

余锦欢要倾诉的欲望突然就消失得一干二净。她觉得自己和梅西娅的距离越来越远了，也许，原来两个人还是长在同一块泥巴地、位置却不同的玉米苗，但是现在，完全不一样了，自己占的倒还是那块泥巴地，梅西娅却早已不是什么玉米苗了，是什么？自己也不知道，似乎她已经踩到远处高山的肩膀上去了。

所以，当梅西娅问她房款的事儿时，余锦欢只说："没什么，已经交了。"

"交了？是李林培的补偿金？他真的会……那么慷慨？"梅西娅明显不相信的样子。

"当然啦。"余锦欢忙着剥葱，嘴上回应得痛快，心里却老不大痛快。不管自己现在是怎样地不信任李林培，好歹却还是一家，还轮不上外人如此怀疑。看来，这日子还真得好好过才是，否则，即便是梅西娅，其实也一样瞧不起自己，瞧不起自己的这个家。

原本浑然迟钝的神经，现在变得异常敏感，余锦欢像一个长期生病的人，对每一个眼神、每一句话、每一个动作都不仅看在眼里，还要搁在心里细细地琢磨。家庭越是风雨飘摇，就越是让她警惕飘摇的风雨。当然，这种被警惕的风雨与家庭内部的风风雨雨有着本质的不同，它们来自外部，来自那些暗藏的讥讽与露骨的轻视。余锦欢现在明白了，为什么拐枣树坡的老家人喜欢用"家丑不可外扬"来劝慰一个矛盾交加的家庭，这是真正角色置换时的肺腑之言，是将心比心最体己的一句话啊。

　　余锦欢暗暗对自己说：余锦欢，你一定要用坚强的行动来摧毁内心的这种脆弱！梅西娅看见余锦欢在做咬牙状，就笑着问："干什么啊？咬牙切齿的样子？"余锦欢没有回答。为了掩饰，她把话题引向了梅西娅的个人问题。

　　梅西娅并不领情，嗔道："欢姐，操心我干什么？管好你的两个心肝宝贝才是正经呢。"余锦欢心里一惊，梅西娅是不是听到什么风声了？知道了李林培和那个女人的事情？转念又想，不可能，梅西娅上班的地儿离这里远着呢。就避开这个话题，正色道："你到底怎么想的啊？都成老姑娘了，还这么无所谓？"

　　梅西娅收起了笑容，叹了口气，道："唉，我也不知道，这辈子我想一个人过算了。"

　　"什么什么？"刚舀到勺子里的汤有一半洒到了地上。余锦欢瞪大眼睛，道："死丫头，你有毛病啊？！"

　　梅西娅倒是很平静，她接过汤勺，把锅里剩下的汤一滴不漏地盛到了自己的碗里。余锦欢盯住她，静静地期待着下文。

　　也许，就像地质结构决定了地貌一样，梅西娅产生这样的念头，是不是也隐藏着深层的原因呢？是到南风曲之后饱尝了不幸的恋爱而灰心？还是成长的经历所造成的？要不就是天生的性格决定的？这些答案都像证据不足的嫌疑犯，因为余锦欢对它们其中的任何一个，都不曾知根知底。余锦欢不得不承认，其实直到现在，自己还是不了解梅西娅，她永远像站在玻璃橱窗里面的人儿，可以向你微笑，向你颔首，你甚至可以感觉到她散发出来的春天般的温情，但是，你却不可能摸到她，不可能摸到她的脉搏和心跳。

　　"她是把自己用蜡给封起来了。"余锦欢暗想。不知为什么，她突然有一种不祥的预感，她觉得梅西娅最终有一天会把自己的呼吸也一同封死的。

余锦欢被自己这种突如其来的预感吓了一跳。梅西娅仍然在一小勺一小勺地喝汤，小手指自然地上翘着，那精致的样子让余锦欢觉得自家的那把汤匙实在配不上她使用，现在被梅西娅捏在手里的，就应该是晶亮璀璨的银器。

梅西娅却像没看见余锦欢的期待一样。良久，余锦欢叹了口气，也只好埋下头，认真地喝汤。这时，乐乐醒了，在卧室里哇哇大哭。梅西娅一把推开椅子，鸟一样地飞了进去。

看着梅西娅抱着乐乐，逗他笑得直打嗝，余锦欢忍不住悄悄地叹了口气，一生中，有这样一个朋友，也就足够了！

梅西娅把一大堆玩具摆在乐乐的小床里，末了在乐乐的手里塞了一个小拨浪鼓，使劲亲了亲乐乐肉乎乎的脸蛋，就告辞了。

斜倚在门框旁，看着梅西娅下楼，余锦欢还是流下泪来。虽然这次没有诉说与倾听，但是，只要两个人聚在一块儿，空气就发生了改变，从前的气息就又溜回来了。余锦欢觉得自己以前从来不在意这些细枝末节和这些芝麻绿豆般的小感受，现在却不知怎么了，变得善感、脆弱、容易流泪，也许这也是一种倾诉的方式吧。

活着，就总得要有通往外界的出口，无论是身体的，还是心灵的，不然，怎么会有七窍生烟这个词儿呢？想必长在人身体上的这七窍，就应该是通往外界的连接与出口了，"烟"正是通过这些出口释放的东西，与吃喝拉撒并没有不同，与自己现在的流泪也没有不同，都是身体与心灵获得轻松与安全的保障。这些出口虽然只是组成身体的局部元件，但是，没有它们，一个人就失去了最基本的感受能力，更失去了释放能力，而一旦丧失了这相互作用的感受与释放，那么这个人也就跟行尸走肉没什么两样了。

余锦欢发现自己总是喜欢把这样的一些局部放大，并且当作有生命的东西。刚才这么想了一通，余锦欢这才意识到，其实在潜意识里，自己一直在不停地寻找原谅自己的理由，而且，想用这个理由把那团白乎乎的东西清除或封埋掉……

正胡乱想着，李林培回来了，手里提了一大堆东西。"无非又是什么副食之类的。"余锦欢想，她看也懒得看，就抢在李林培进门之前，扭身进了屋。

这次却不同，李林培带回来的不仅仅是副食品，还有日用品、杂品之类的。进门后，李林培先把这些东西一股脑儿堆在客厅的角落里，然后走到余锦欢的面前，说："欢，我准备把超市转让了，你看行不行？"

余锦欢不由得冷笑道："关我什么事？跟你亲爱的合伙人商量啊。"李林培低下头去，半晌才说："那，这么说，你是同意了？"

余锦欢知道，这低下的头，只不过是摆了个样子而已，实际上，这话里传递的全是高傲的意思，不过是说与你余锦欢知道罢了，何况，眼下，自尊心也不允许自己有什么关心或者在意的表示。余锦欢懒得再搭理他，干脆抱着乐乐下楼了。

就这么挨过了个把月。这期间，除了乐乐喝的奶粉和吃的一些小零食，李林培并没有再提多少东西回来。他还是天天跑超市，只不过在超市待的时间短了许多。

一天晚上，李林培突然在沉默的饭桌上宣布，他明天就启程到广州打工去。余锦欢心里的疑问就像春天的叶子一样都要长出声儿来了，但脸上却没有任何表情。除了还保留着在一个屋里睡觉一个锅里吃饭的基本形式以外，他们都已经习惯了不再过问彼此的事儿，家庭生活的实质性内容早已荡然无存了。

大多数时候，李林培还是热头热脸的，找着话茬儿跟余锦欢套近乎。但余锦欢清楚，李林培无非就是想拴住她们母子俩，其实说到底，就是想拴住儿子，至于你余锦欢，在他眼里，不过是抚养儿子的保姆罢了。

不过，余锦欢心下也犯嘀咕，李林培既然有勇气坦白与那个女人的关系，为什么又没有勇气带着乐乐走掉呢？难道李林培知道我余锦欢是不会让他带走乐乐的？要么是觉得乐乐太小，怕给那个女人惹麻烦？

总之，李林培坚决不离婚的态度从来没有丝毫的动摇。时间长了，余锦欢也没精力老提这件事儿了，就这样吧，不离就不离吧，拖着就拖着吧，爱咋咋的。

余锦欢不再过问他的一切，超市到底怎样了，转让给了谁，转让金是多少，等等，她都懒得问，虽然一想起当时投入的七千元心里就揪得紧，但是，自尊心要求她必须把那些跑到嘴边边上的话统统给咽回去。

就像现在，当李林培宣布他要去广州的决定时，余锦欢其实有许许多多的疑问在脑袋中像鹰一样地在盘旋，但最终，也只是撆菜的手在空中略微停顿了几秒钟，接下来，所有的表情与动作该怎样还是怎样继续了。

李林培果真就到了东莞，找到了哥哥余荣军和他所在的那个玩具厂。他到达的那天晚上，余荣军就打电话来责怪余锦欢，说："既然小李要来，怎么不早告诉我一声？好歹我也有个准备啊。"余锦欢真是哑巴吃黄连有苦说不出，她本来还心存侥幸，也许李林培会跟自己一样想，夫妻俩的关系都这样了，怎么好意思去找我余锦欢的哥哥呢？还不如去找以前的同事啊什么的，但没想他倒真的好意思把哥哥那儿当成饭店旅社。

真是！真是不要脸！余锦欢不好跟哥哥解释什么，她一解释，不仅哥哥会担心，连爹妈姐姐都会跟着担心。她只得再三跟哥哥说，吃住什么的，都让李林培自己解决，千万别惯了他。哥哥却在那边笑了，说："傻丫头，你是怕他吃不好住不好吧？虽说我这儿是艰苦了些，但总比他一个人在外面租房子住要好吧？好歹每天下班回来还有口热饭吃嘛。"

电话里都是忙音了，余锦欢还举着话筒愣怔着。哥哥是那个玩具厂二车间的主任，工作辛苦不说，月工资也才两千多一点。进那个厂还不到一年的时间，嫂子就从老家追着撵着跟来了，却又不愿上班，只在家做做饭看看孩子什么的。

哥哥住的房子也是租的。他李林培要是识相点儿，就应该自谋生路。

不过，让李林培自谋生路，简直比古人登那个什么蜀道还难。余锦欢现在总算是对大伯和梅西娅一直以来对李林培的那种瞧不起的态度完全理解了。她觉得自己还不如一只没长脑袋的四脚熊，怎么就那么容易被一个人的表面所迷惑，而看不到一个人的本质上去呢？回想起来，李林培当初的那些夸夸其谈其实根本就掩盖不住他贫瘠的品质与性格，从里到外，他就是那种梅西娅所鄙视的、典型的小市民：虚荣、爱摆花架子、怕吃苦、不敢承担责任，就更别说什么自谋生路的勇气和骨气了。而最令余锦欢反感的是，李林培在外来人面前，总是喜欢显示自己是这个城市土生土长的居民的优越与高傲。回忆起两个人之间的一些谈话，李林培在评价某个他所不喜欢的人时，最常用的一句话就是："像个乡下人！"那种自大与傲慢、不屑与鄙视，就像是凤凰撞见了草鸡。

余锦欢自己就是一个乡下人，如果搁在别人嘴里说出，自己肯定会愤怒得头发都要竖起来。然而，可惜的是，那时面对着李林培，爱成了悬在头顶上那颗唯一而强大的太阳，它的光芒覆盖掉了这个世界所有的阴影部分。想想，各自打小在不同的生活环境以及后来的成长经历，早就决定了两个人是两块完全异质的石头，所以，最终，她余锦欢和李林培，是谁也迁就不了谁，谁也改变不了谁。

这次，对李林培去找哥哥的事儿，余锦欢确实无法原谅。李林培对她余锦欢无论怎样，她都能够承受，但是他不应该去给她的家人找麻烦。如果哥哥的条件好一点儿，如果李林培是事先跟自己商量好了才去的，那倒也无话可说。可他做了什么？他以为，凭一声"去广州打工"的宣告就可以理直气壮地去讨扰我余锦欢的哥哥？没有骨气、恬不知耻的东西！她开始思索这个人，开始对这个人产生了根本性的怀疑。这是以前从来没有过的念头，哪怕是知道了他跟那个女人缠裹在一起的时候也没有。可惜晚了，如果早先对大伯和梅西娅的话能够这么思索一星半点儿，恐怕也不会是今天的这个样子。

日子一天天过去，乐乐也一天天大了起来，已经学会走路了。余锦欢还是在商贸公司做会计，李林培每隔两个月就寄四百块钱回来，算是尽一下抚养儿子的义务。余锦欢没花过这里面的一分钱，她把这些钱单独存起来。在她的心里，这是属于乐乐的专款。至于家庭的日常开支，余锦欢自己一个人的工资总算是勉力支撑下来了。所以，只要他还没有忘记儿子，她就懒得跟他多费口舌。

李林培去了差不多两年的时间了，从来没有回过家，过春节没回，乐乐腿摔骨折了也没回。余荣军觉得不对劲儿了，在电话里对余锦欢为李林培的开脱十分不满："就算是节约钱，也得分个轻重缓急啊，一个摔都摔不回，一个还在帮他找不回的理由，你们这两人倒是情真意切啊。"

余锦欢能说什么呢？李林培不回来，她不帮他找理由怎么办？那哥哥岂不是更加怀疑了？钱当然不是理由，节约更不是理由。李林培的工资是计件工资，哥哥曾经告诉过自己，李林培说不上勤快，月平均工资不过在一千元左右。但余锦欢知道，就算李林培只有这么些收入，可他吃住都不用自己掏腰包，每个月除去寄给乐乐的二百元，剩余的钱比自己的工资都还可观，那么，这些钱又到哪里去了呢？只怕八成是寄给那个女人了。

不过，管他呢，爱寄谁寄谁，就当这个人不存在或与己无关。余锦欢不再像原来那么一根筋儿了。她觉得看待这世上的事儿，还真的要像沈丹芬那样，得正想想再反想想，要像烙烧饼一样，正面烙了再烙反面，反面烙了再烙正面，这样几个回合下来，烧饼就会变得醇香酥软，吃到胃里也才受用。没有李林培在面前晃悠的日子，自己还不是挺过来了？而且，就乐乐、廖姐和自己，过得比以前要清静爽利多了。

余锦欢从来没像现在这么平静过，看什么什么都无所谓理解不理解，听什么什么都无所谓顺耳不顺耳。她想，事情既然正在发生，就有正在发生的理由吧,人与人,人与事,只要自己理解了,就一切都和谐了,和谐了就能吃得喝得睡得,儿子就能平平安安健健康康,自己就有力气挣钱养活这个家……和谐了就是幸福。

其实,幸福这个词儿,余锦欢一直把它忘在九霄云外。还是那一次,乐乐闹着要自己下楼梯,结果一步没跨稳,两步并成了一步,整个身子就半跪了下去,左腿也骨折了。送医院,医生说膝盖处掉了一小块骨头,得把这块骨头接上去。三个星期后,拆线,要取下那颗钢钉。医生一脸严肃地来了,手里握着锤子和钳子,像电器修理工。

后来医生走了,乐乐还在哭着直喊疼,听着这一声一声的哭,余锦欢觉得就像有刀子在一点一点剜自己的心,只恨自己替不了他受这个苦。同病房一号床的那个女人走过来,抚了一下她的肩膀,道:"小孩子恢复得很快的,疼这么一阵子就过去了,你这多幸福啊,你看我的女儿,都第二次手术了。"余锦欢知道那个小女孩是骑自行车摔了胳膊肘,第一次手术后,胳膊长歪了,不成功,第二次手术是矫正,把已经长好的胳膊重新锯开,再接上。

可是,幸福?在余锦欢的人生里,好像还从来没有使用过这个词儿。即便是在被所谓的爱情之水淹没的日子里,她最多认为自己是"快乐"的。在余锦欢的意识里,幸福是庄重的,安详的,沉稳的,有重量的,和风细雨的,它与快乐不同,打个不恰当的比喻,二者就像"母亲"与"妈妈"这种称谓上的区别。而那个女人居然说我余锦欢是幸福的,多么有意思!

余锦欢不由得在离开病房前多看了那个女人几眼,这才发现,那个女人尽管容颜憔悴,却掩饰不住一种和静之美。后来,余锦欢也还会偶尔想起那个女人，想起她经常歪在床边，跟醒着的小女孩读《格林童话》，有时小女孩还用那只健康的胳膊绕着她的脖子说悄悄话，那样的时刻，那女人就总是一脸幸福的样子。

虽然只是偶尔想一下，余锦欢却懂得了，幸福其实就是在苦难的底子上调出来的色彩，它不属于以前，也不属于以后，而属于现在，属于此时此刻，它不是庞大，不是整体，它是琐碎，是细微，它就像组成身体的每一个具体的部位，是局部之美。

余锦欢巴望日子就这么朝前走下去，比如坐着公汽上班的早晨，比如牵着儿子乐乐的小手散步的黄昏，比如和廖姐在厨房里东扯西拉，比如躺在床上随手翻翻书籍……从那以后，余锦欢就开始留意了，留意那些被自己定义为幸福的日常生活细节。

十一

　　李林培却突然杀了回来。早上九点多，余锦欢正在开增值税发票，电话突然打到了办公室，是廖姐颤抖的声音："小余啊，小李要回来了，你赶快到飞机场去接他。"余锦欢愣了一下，李林培要回来了？！又不是个什么金元宝，摆什么谱？还坐飞机？不都是两条腿吗？还要我去接他？余锦欢在电话里就有了责怪廖姐不懂事的意思，说："我在忙！"

　　廖姐像是被鸡蛋突然噎住了，挤着声音说："小李他，怕是自己回不来。你哥哥刚才打电话来了，说他……突发心脏病。"

余锦欢一时还没反应过来，就怔在那里。进货的人却等不及了，说："就不能快点？耽误了我的事儿你赔啊？"余锦欢好不容易把"大写"那一栏的所有数字写完了，撕发票的时候，还是没能按紧直尺，发票的边缘就像被狗啃过一样。

等余锦欢赶到机场时，已经十点过一刻了。站在接站口，余锦欢还在想那个一直甩不掉的问题：心脏病？怎么会？！

李林培躺在类似医院的那种窄窄的病床上，盖着白被单，被推了出来。余锦欢看到他不再是原来的李林培了，现在，李林培的嘴大幅度地歪向了左边，眼睛斜斜地吊着，白白的眼球像是要掉出眼眶。对于余锦欢的出现，李林培只是脸上的肌肉颤动了一下，盖在被单下面的身子却看不出有什么动弹的迹象。

就直接进了医院，首先就要交住院费。余锦欢对着服务台的医生只顾一味地点头，身子却没动，完全是丢了魂儿恍恍惚惚的样子。开着车帮着余锦欢去机场接回李林培的商贸老板沈丹芬，正打算离开，回头一见余锦欢这个模样，鼻子一酸，差点掉下泪来，就又重新走回去，拥着余锦欢的肩膀说："你赶快回家准备一下，这里有我。"

余锦欢就向家的方向走去。心脏病？！这个疑问超过了一切喧嚣，成了余锦欢所有感官共同聚焦的中心。这么走回家，脑袋就先撞上了门，疼痛让余锦欢清醒了些，她这才想到，到家了！

廖姐像时刻守着老鼠的猫，一听见响动，马上就扑过来打开了门。电话正在剧烈地响着，廖姐说一定又是你哥哥的电话，打了好多次了，一直等你回来。

接了电话，听到哥哥的声音，余锦欢一直踩着棉花的脚这才终于落到了坚实的地面上。余荣军说："就是昨天晚上，小李喝了不少的酒，十点多的样子才回来，还是坐的的士，可能是在要下车的时候出的事儿，我只听到司机在大喊大叫，跑出去一看，小李就歪在车门边，我有个当医生的朋友，他分析说可能是心脏病。"

耳鸣消失了，眼睛也不那么迷糊了，余锦欢就是不知道说些什么才好。哥哥却只顾在那头责备他自己。他说，半年前，小李就很少回来住了，说是他有个朋友的房子大。"他肯定是好心，觉得麻烦我们了，小欢啊，你看，我真的是没想到会出事儿，如果不让他在外面住，也许就不会是现在这个样子了。"凭余锦欢的直觉，李林培出去住，一定有什么特殊的原因，他是一个从来不愿意亏待自己的主儿，在哥哥家住，衣服不用自己洗，饭不用自己煮，事事不操心，多么美满的事儿？他李林培会跑出去自寻烦恼？

是嫂子开赶了？还是另有原因？现在不是追究原因的时候，别说要出事儿跟住在哪儿没关系，即使有关系，嫂子有意见，那也很正常，换了自己，怕是早就憋不住气儿了。

余锦欢对哥哥的自责很是恼火，道："你们还要怎么对待他？把心啊肝啊都掏出来煮给他吃？如果真是心脏病，出事也只在早晚。"

话一出口，余锦欢竟然把自己给彻底惊醒了，难道李林培是先天性心脏病？她觉得背上在滚冷汗，手凉冰冰的，简直握不住话筒了。

余锦欢开始翻箱倒柜地找钱。其实所有的存折就放在衣柜抽屉的空档里，把抽屉端出来，塑料膜包着的两个存折就躺在那儿，根本用不着翻箱倒柜。可余锦欢还是把所有的柜子抽屉都翻了一遍，指望能有平时随手塞进去的零钱。

最后，除了自己包里的那百把元，就只有手里的两个存折了，一个是儿子的专项存款两千元，是李林培从打工到现在给儿子的汇款，另一个是从成家到现在的存款，不到一千五，是这几年来积积攒攒、支支出出的结果。

等余锦欢赶到医院时，沈丹芬已经回公司了，她留了个字条在李林培病床旁的桌子上，就三句话：住院费已经预交了。不要急着还钱。安心照顾病人。

余锦欢就没有控制住眼泪往下淌。她认为自己简直太过分了，李林培成了这个样子，从开始看见到现在，自己都没为他掉过一滴泪，怎么看了这简单得不能再简单的几句话，反而酸了心？也许自己就是这样的人吧，见不得别人对自己好。

三天后，检查结果出来了，病历上的字写得跟波浪一样，余锦欢瞪大眼睛，用食指指着，一个字一个字地辨认，连猜带蒙，最后总算是断断续续地认出了一些：李林培，男，31岁，因……1天后入院，入院检查……140～150次……分，律……不齐，心音强弱不等，心尖部可闻及……收缩期吹风样杂音和……期……样杂音，右室肥大劳损……心功能 IV 级，双下肢……关节以下皮肤青紫，皮温低……手、足……搏动减弱……重度……性水肿，院诊断为二尖……并关闭不全……动脉……。余锦欢端着病历，问医生，才知道那几个关键性的字是："二尖瓣狭窄并关闭不全并发动脉栓塞"。

主治医生姓郑，是个矮个子男人，站在余锦欢的面前，得高高地昂起头，以至于余锦欢总能清清楚楚地看见他森林一样茂盛的鼻毛。这让他们彼此有种心照不宣的不自在，所以，多半时候，他们都会选择晚上谈话。当余锦欢弄明白了李林培确实是先天性心脏病之后，郑医生就趁热打铁，直接追问她打算怎样为李林培治疗。

余锦欢觉得可笑，她合上病历，也合上正往外探头探脑的怒火，道："你是医生，你说怎么治就怎么治。"郑医生旋转了一下椅子，说："经过专家们的集体会诊，一致认为，病人的病情已经十分严重了，最好进行置换手术。"余锦欢没有接腔，她一无所知，所以不知道怎么回答。

"不过，这个手术的费用比较昂贵，也有很大的风险，你要考虑清楚。"那个矮个子男人眼睛盯着办公桌的玻璃板说。那里有一个女人和一个小女孩的照片，相拥着蹲在牡丹花丛里，灿烂地笑着。

肯定是他的老婆和孩子，余锦欢突然觉得暖和了不少。已经是初冬了，也不过才晚上七点多钟的样子，整个医院却睡眼惺忪，几乎听不到什么人声。

"如果不换，进行其他的治疗不会有什么好的效果，而且以后还会复发。"郑医生的解释，余锦欢觉得纯属多余，但又不得不听，毕竟，她现在六神无主。

"你就直接说吧，不换到底会是什么样的后果？"郑医生抬起头，望着眼前这个向自己发问的女人，一时不知该怎么说才好。

郑医生发现，三天来，这个女人表现得十分坚强，不多说话，不掉一滴泪，不要一个人帮忙，就只有自己跑前跑后跑进跑出，耐心细致地给嘴歪眼斜的那个男人喂汤喂饭、擦洗身子、端屎端尿。虽然不置换的结果就像头上的虱子——明摆着，但明确一点告诉她还是要显得公平一些。

"说实话，他已经这样了，根本就没必要考虑实施其他的手术治疗，要想活下去，做这个手术是唯一的选择。当然，依靠药物治疗也可以维持一段时间。"郑医生就很直接地说了，他认为这个女人肯定能扛得住，就像她的身板儿一样令人放心。

　　果然，余锦欢只是点了点头，说："谢谢，我知道了。"就走了出去。余锦欢明白，这个医生还是蛮有良心的，他的意思就是：如果不做置换手术，就没必要瞎折腾了。他肯定看见了，我余锦欢没有这个能力。

　　李林培正瞪着眼，看见余锦欢进来，就含混不清地说了句什么。余锦欢俯下身子，让他再说一遍，这才听清了，他要喝水。余锦欢自己也十分口渴了，就先咕咚咕咚喝了一大杯，又一勺一勺地喂给这个躺着的男人。

　　这几天做病情检查，一直跑得脚不沾地儿，没工夫细想，现在结论出来了，所有的问题就一下子山一样地立在了眼前。

　　余锦欢首先想的是，这个置换手术一定得做。刚才茫然无计，竟忘了问手术费究竟是多少。不过，管它贵与不贵，总是要朝着"肯定"这个方向去努力吧。

　　剩下的问题就是，钱从哪里来？余锦欢觉得应该先去告知李林培的母亲大人。

　　主意一定，余锦欢就跟护士交代了一下，直奔翰林路。这个时段，走这条道的人并不多，公汽开得快要飞起来，像是要把车里的几个赖着坐车的人全部甩出去。这倒是顺了余锦欢的心思，在十点钟之前，自己必须得赶上末班车回到医院。

　　半个钟头就到了。敲门。明明看见门缝里透出光，可就是没人应声。硬着头皮再敲，门里边儿终于响起了浑浊的嘟囔声。门开了一条缝，一个瘦高个儿男人穿着老蓝色的睡袍，趿着棉拖鞋，探出半个身子向外张望。

　　两个人同时愣住了。这是余锦欢头一回见到公公。李林培曾经解释过唯一那一次登门时，没见到公公的原因："爸爸是一个除了睡觉在家以外其余时间就见不着人影儿的人，他有自己的退休工资，不多，只顾自己的那张嘴，家里的大小事情一律不闻不问。"

这个人跟李林培简直是一个模子倒出来的，除了多了一嘴毛楂楂的胡子以外。余锦欢不禁倒吸了一口气，想，李林培老了，怕也就是这个样子吧？

这个人倒是不冷漠，好像也有李林培那种喜欢说话的癖好。他在听了余锦欢简单的自我介绍之后，就热情地拉住余锦欢的胳膊，说："快进屋，外面冷呢。"又望望余锦欢的身后，问："培子没来啊？"

一团暗绿色肥硕的影子突然就不知从哪个方向袭了过来，婆婆悄无声息地站在了两个人的侧面。余锦欢情不自禁地哆嗦了一下。

公公说："这么晚来，是有什么事儿吧？"余锦欢还没来得及张口，暗绿色的影子却突然发出温吞吞的声音来："怕是来告状的吧？这大冷天的，我可没闲心听。"

告状？告什么状啊？余锦欢还真成了丈二的和尚，不过，也顾不得那么多了，管她说的是什么意思呢，余锦欢就只管简单地讲了李林培的事儿。本来，在来的路上，余锦欢还把怎样讲述这件事情大致在脑海里演练了一遍，她想尽量说得委婉一些，毕竟是父母，如果听到情况严重了，肯定会受不了。

但是，看来自己完全是多虑了，面对这样的婆婆，没有什么比单刀直入更好。

公公张大了嘴，一句话也说不出来。婆婆却像被马蜂蜇着了，尖声道："不可能！长了这么大，都是好好的，现在怎么出了问题？！"

余锦欢在心里冷笑了，敢情还是跟我余锦欢做了夫妻才得了病？不过，表情终究只是在心里生动着，脸上还是冷静的。

余锦欢决定不接这个茬儿，再说，也不是时候。她不看婆婆，盯住公公说："现在医院说要做手术，如果不做，那就只能拖一天是一天了，怎么办？"

公公合上了嘴巴，垂下头，眼睛盯着地面，不出一声。婆婆旋风般地扫到余锦欢的面前，道："噢！是来要钱的呀！告诉你，休想！娶了婆娘的男人，就不是我老李家的人了！"在这样精明而无理可讲的婆婆面前，余锦欢真是对自己充满了愤恨，余锦欢啊余锦欢，你何苦来自找没趣？何苦来？！

余锦欢转过身拉开门就出去了。原来还担心赶不上最后一班公共汽车呢，哈，竟然只用了不到二十分钟，时间是多么富余啊！街灯一个接一个地闪过宽大的车窗，昏黄的光线一波又一波从余锦欢的脸颊上抚过，却没有温度，车道两旁的绿化带里，潜伏着绿色的灯光，把一些已经凋零的阔叶树照得通体碧绿，这个城市越来越不需要自然界的生物来提醒冷暖了，人们越来越相信，自己完全有能力让周遭的环境不再听从季节律令的安排了。

这个城市变得越来越漂亮，生活在这个城市的人们，是多么有力量和自信啊。可是，我的力量究竟在哪里？自己居然无能到连一个母亲对儿子本能的怜悯与爱护都唤不醒，这算什么事儿？余锦欢弄不明白，到底是自己让婆婆厌恶至极，还是婆婆天性如此寡情？

趴在李林培的床前，余锦欢不禁替李林培感到难过，假如自己从小就不得不跟着这样的母亲长大，又会怎样？这个现在连自己最基本

局 部 之 美

的生存都无法控制的男人，也许从来就没有享受过来自母亲的温暖。

余锦欢觉得这个男人应该好起来，至少不应该只走这么短的路就彻底从地球上消失。夫妻一场，自己必须尽这个责任和义务。想到责任，余锦欢突然就想起了王菲，看在情感的分上，怎么说她也该尽一分力量吧。

李林培吃完早餐已经快九点半了，收拾妥当后，余锦欢正准备去菜市场找王菲，婆婆却率领李林培的爸爸、姑姑还有弟弟妹妹们浩浩荡荡地来了。

一进门，婆婆就扑向李林培的床，拍脚打手地哭了起来，一边哭一边唱歌样地唱道："我的儿啊，从生下来跟你老娘长这么大都好好的呀，怎么结了婚，就病成这样了啊？我的儿呀！"余锦欢顿时觉得血直往上涌，甚至自己的耳朵都能听到它们奔腾咆哮的声音了。

病房的人陡然都噤了声，眼睛都无声地向李林培这边集中过来，整个屋子就只剩了婆婆一个人尖着嗓子的号哭。余锦欢觉得那些眼睛像无数支利箭在向自己射来。

公公沉着脸拽婆婆，一句话也不说。婆婆却越发得了劲儿，不停地挥舞着胳膊，哭喊着。

余锦欢向前跨了一步，脸憋得通红，李林培的姑姑一把握住她的手，使劲捏了捏，示意她出去。

几乎是被李林培的姑姑拖着，余锦欢到了病房外走廊的拐角处。

这个姑姑，余锦欢只见过一次，还是生了乐乐后，在医院，她来看过自己。她来得匆忙，放下水果不一会儿就走了。李林培说姑姑的家境不好，就是那次一起走亲戚，和母亲一起出了车祸之后，姑父从此就瘫痪了。姑父是一个铸铁厂的普通工人，姑姑在铸铁厂

118

当清洁工，后来这个厂子也倒闭了。再后来，为了照顾姑父，姑姑就在家帮别人带孩子挣点儿钱，同时也兼做钟点工，帮别人家打扫卫生什么的，因为还要供侄女读书。

虽然那次匆匆忙忙地说了几句话，但是，姑姑的满脸皱纹里总是盛满了笑意，说话也很温和亲切，余锦欢当时就想，以后有空就去看看姑姑。只可惜，后来黯淡无光的日子挤走了余锦欢当时的那点儿闲情闲意。

现在，这个比自己矮半个头的姑姑环住余锦欢的腰，说："小欢啊，别往心里去，培子的妈就是这么一个人，脾气倔，闹这么一阵子就好了。"余锦欢挣开身子，站到姑姑的对面，直着眼睛问："姑姑，您实话告诉我，李林培自己和他家里人知不知道他有病？"姑姑的眼睛盯着地面，沉默不语。

余锦欢把自己贴向墙壁，以免可恶的美尼尔氏综合征袭来的时候无依无靠。姑姑抓起她的手，急切地说："我原来就说过，培子不要结婚，就是结了婚，也不能要孩子，免得害了人家姑娘。可是小欢啊，结不结婚，不是别人说了就能算的，他也有自己的感情啊，事情已经到这个份儿上了，你就原谅他吧。"

余锦欢暂时还没有想到这些，她是被婆婆口口声声"怎么结了婚就成了这样"刺蒙了头，她背不起这种谋杀亲夫的罪名。行啊，就算是我余锦欢没把他照顾好，那么，你这个当妈的又在做些什么？如果没发现，倒也罢了，可事实却是，除了瞒着我余锦欢一个人之外，你儿子的病早已是公开的秘密了，你们早都干什么去了？假如你这个亲娘老子稍微负一点点责任，至于是现在这个样子吗？我余锦欢受到你们这样无耻的蒙骗都没说半个不字，现在反倒成了罪人，来受你们的讨伐？！

姑姑的一席话，使得委屈就像夜幕一样笼罩下来，罩住了一切，包括愤怒。余锦欢觉得自己一丁点儿力气也没有了，她不知道哪里可以支撑自己的躯体，只好本能地顺着墙，慢慢蹲了下去。

一伙人踢踢踏踏地走了出来。"我儿子都成这样了，还装什么装？"余锦欢模模糊糊听到是婆婆的声音，估计是自己半天没进去，她在里面就没了表演欲，待得没什么意思了，只好寻出来。

余锦欢并没有把头从手臂中抬起来。她现在唯一的愿望就是待在黑暗里。

她感觉姑姑蹲下来了，要扶她。她没动。听见姑姑在小声说："你就不能少说几句啊？病了一个，还要把另一个也打趴下才好？"

"我们走！"余锦欢似乎感觉婆婆挥了挥手，因为有一股风随着这三个字从头上掠过去了。

姑姑拉她的胳膊，说："小欢，进去吧。"余锦欢听见自己虚弱的声音像经历过了千山万水："过会儿我自己进去，您回去吧。"她知道姑姑很难办，走与不走，代表着是否属于这个血缘所构成的集团，这是个立场问题，姑姑还是会走的。

一群人都走了，世界一下子安静下来，也亮堂起来，像乌鸦带走了它们的嗓子。余锦欢觉得这样真好，原本黑暗才是光明的……本质吧？对，就是本质。

本质就是内里的东西了，像核桃的桃仁儿，自己的这场婚姻，从本质上说，就是一种欺骗。但是知道是欺骗了又怎样？愤怒是要有力气的，而现在，余锦欢像伤了元气的刺猬，连抱紧自己的力气也没有了。

十二

日子却还得朝前走，该怎样还是得怎样，就当李林培是被自己撞上的诈骗犯吧，那也都是过去的事儿了，现在他一头栽倒在自己的面前，总不能见死不救。

王菲还是要找的，眼看哥哥寄来的一万块钱在一天天少下去，自己的那点儿钱，就更不用说了，连杯水车薪也算不上。不管是检查还是血栓溶解治疗之类的，价格一直都是不要脸地高高在上。所以，该想的办法还是要想，该找的人也一定要找，就算是把鼻子碰扁了，也还是得去碰一碰。

第二天上午，余锦欢走进了菜市场，找来找去，也没见到原来的那个超市。原来超市的那个地儿，已经改换门庭了，挂了个五金店的招牌。

余锦欢问五金店的小伙子，这个门面是怎么租下来的。小伙子把余锦欢上下打量了一番，没作声。也不怪人家小伙子，自己这么个憔悴模样，又张口问这样的话，人家不防着才怪呢。余锦欢就干脆实话实说了："我找王菲，她是最先租这个门面的。"小伙子瞥了她一眼，说："那是早八百年前的事儿了，我可不认识什么王菲，我是从卖文具的严老板手里接过来的。"余锦欢问："可不可以告诉我严老板怎么联系？"小伙子皱了皱眉头，不耐烦地说："赚了我的钱就跑得没影儿了，我还在找他呢。"

余锦欢漫无目的地在市场里转着圈儿，心里暗暗期盼着王菲的出现，或者，如果这个市场里有人认识她，该多好啊。问谁呢？总不能随便揪住一个人，挨个问下去吧？这么想着转着，余锦欢忽然记起，最知道王菲在哪儿的，应该是李林培，一时就觉得自己真是笨蛋加傻瓜，像无头苍蝇样地跑到这个市场乱撞，早就该想到，直接问李林培就得了。

通过这几天用药，李林培比刚回来时要好多了。眼睛斜得没那么厉害了，说话也稍微清晰了些，可是，当余锦欢问王菲在哪里时，李林培却耷拉下了眼睛。

余锦欢听见自己的牙齿在打架，却还是尽量平和了声音，说："都什么时候了，她总得搭把手吧？"李林培先是抬起眼，望了一会儿余锦欢，慢慢又侧过头去。

看他这个样子，余锦欢觉得太可笑了，就俯下身去，轻轻说道："你还怕我缠着她闹？现在你自己都保护不了自己了，还这么护着她？可见情深意重啊，不过，李林培你也太小瞧我了，你们之间就是爱得死去活来，我也早就不稀罕了，少自作多情吧，告诉你，我余锦欢不过是看在是你法定妻子的份上，救你一命而已。"

说完这些，余锦欢觉得心里舒坦多了，从认识李林培开始一直到知道真相为止，自己因蒙受的欺骗和被利用而积攒下来的悲愤，虽然一直硬撑着没有让它们决堤，但在这时，总算流走了一部分，流走了一部分自己也就好受多了。

李林培挪过头，定定地望着她，泪水竟滑了出来。哈，居然流泪了，是悔恨？气恼？还是对自己命运的绝望？余锦欢的心里竟掠过了一丝快意，她觉得自己都变得有些卑鄙了。

李林培说话了："她后来到我那儿去了，跟……别人……好上了。"说得很慢，声音也小，但余锦欢还是听清楚了。

"喔，这么说，你是因为这个才喝的酒？"余锦欢明白了李林培犯病的真正原因，喝酒只不过是诱因而已，急火攻心才是根由。

"那天晚上我求她别出去，她把门都摔了……你……别找了。"李林培扯动了好几下嘴巴，终于让上下两片嘴唇合在了一起。

余锦欢看着他白多黑少的眼睛，咧开嘴，无声地笑了。她控制不住自己的笑意，真的。

余锦欢只能去找梅西娅了。每每到了最后，梅西娅就是她坚强的依靠。梅西娅对于自己，就像是静静矗立的远山，平时不在意，但关键的时候喊上一嗓子，就总是有回音传来，让人心安。

不过，余锦欢在去找梅西娅之前，决定先把家里安顿好。她先是辞了廖姐的工。家里都这种状况了，一切能节约的都要节约下来，好为李林培治病，再说，廖姐也是上有老下有小的，自己支付给她的工资，在家政服务行业中，已经是最低的了，总不能老是拖累人家吧。

当她很委婉地告诉廖姐这个决定时，廖姐流下了眼泪。她说："小余啊，你这么好的人，现在又这么困难，我真是不忍心走啊……"余锦欢也感动得眼圈都红了，她知道廖姐是真心替她难过，却又无能为力。世界这么大，自己走过的路也不算太少了，遇到了一些黑良心的家伙，可是，也遇到了一些好心人。商贸公司老板沈丹芬、郑医生、眼前的廖姐……在自己的人生之路上，他们也许只是自己经过的、一闪而过的某盏路灯，但只要想起他们，就永远是那么的安妥与温暖，无论什么时候，他们为自己所做过的一切，都始终散发着热乎乎的温度，这温度足以抵挡自己所遭遇的凄风苦雨。是他们，以单个的、局部的力量，汇聚在一起，成为支撑自己一路走下去的能量之源。是的，在这个世界上，没有谁负有为你分担苦难的义务，包括自己的家人，好在总有这些好心人，他们留意了你的困苦和你的艰难，纵然只有只言片语或者一个微笑，但你已经感受到了他们向自己传达的关爱和善意，这，就足够了。

廖姐没有接下最后这个月工资，余锦欢就找出那件自己还没怎么穿过的枣红色冬装，送给了她。廖姐也没有立刻就走，她说要先留下来照顾几天李林培，好让余锦欢安心把孩子送回老家去。

把乐乐送到爹妈面前时，两位老人简直乐开了花。他们没想到自己最小的外孙都长这么高了，没想到余锦欢会把他送回来，没想到三岁的乐乐现在应该在城里上幼儿园。他们只是一味高兴，都忘了问余锦欢为什么会舍得把这个宝贝疙瘩送回来。他们认为，这里就是余锦欢永远的家，她想什么时候回来就什么时候回来，想做什么就做什么，一切都不需要原因。

回城的路上，余锦欢连骨头都是疼的，与李林培的父母相比，她觉得自己的爹妈老实得就像老家秋收后那一垄一垄裸露的黄土地，连仰头问问为什么都不曾想到过，而且这种老实与本分也通过血缘遗传给了自己。可是，这样老实本分地待人处世，究竟是该喜还是该悲？

余锦欢不知道，也懒于追究，她再清楚不过了，这样的思索对于自己来说毫无意义，因为她不可能改变这种由血缘所赋予自己的秉性。

给梅西娅办公室打电话，接电话的却是个富有磁性的男声："哦，找梅西娅？她请长假了，听说她父亲去世了。"

余锦欢惊愕得半天都发不出声。几天前她们还像往常一样，捂着话筒在电话里嘻嘻哈哈说了好久，也就是李林培回来的这个把星期没有互通消息，怎么就发生了这么大的变故呢？

这丫头，怎么也不跟自己说一声就跑了？也不知道现在到底是什么情况？凭直觉，余锦欢感到养父的去世对梅西娅肯定是异常沉重的打击，要不然，她不会没有任何交代拔脚就走了。

用药物治疗着，倒也很见效，李林培渐渐地能一跛一跛地下地走路了。一天中午，余锦欢扶着李林培在走廊里走着，李林培忽然要自己单独试试。他先是扶着墙壁走了几步，后来就丢了手，慢慢走到了走廊的中间，只是两只肩膀一上一下交替耸起或落下，起伏的幅度比他老娘的还要大。

没走上几步，李林培又靠住了墙壁，叫余锦欢赶快来扶他。打这次以后，余锦欢就每天陪李林培在医院里练习走路。李林培很勤奋，躺下的时间很少，就像刚刚学步的孩子，对走路有着不可遏制的热情与耐心。

一天下来，余锦欢常常感到体力不支，累倒不说了，还得提着心，生怕李林培摔着了。有时坐在医院那株落光了叶子的葡萄架下休息，余锦欢就忍不住心生感慨：这个残缺不全的男人，多年来，一直怀揣着自己人生中最大的秘密，不仅从来没有被来自身体内部的绝望所打倒，而且，他还多么清晰、多么冷静、多么有条不紊地安排了自己短促的人生啊——娶下余锦欢，为李家留下了所谓的香火，为自己倒下之后的生活找到了存续的依靠，为自己的爱情找到了风和日丽的港湾，说什么王菲不能生育，纯粹是骗死人的鬼话，因为他是多么清楚自己的病情啊，他之所以找我余锦欢，就是为了不给自己真正所爱的人制造负担。

可悲的是，四肢健全的自己一直被这个身体残缺的男人牵着鼻子走。如果说自己以前是因爱而犯迷糊，可是，现在一切真相大白了，为什么自己还是走不到他的前面去？还是处处顺着他、依着他行事？每次想到这里，余锦欢就要叹气，谁让她自己没办法抹去那些美好的部分呢？哪怕现在知道了它们是虚妄的，是欺骗的，可是，出于对生命本能的怜悯，使得她仍然无法恼恨这些事、这些人以及这个世界。

是啊，就是这么一个让自己陷于囹圄的男人，又还有多少天可活呢？即使他现在对生命充满了强烈的渴望，又能改变什么呢？在李林培第一次能够摇摇晃晃独自走几步的那天，余锦欢就把这个好消息告诉了郑医生。郑医生却不以为然，说："这只是药物控制暂时发生的作用，如果不实施置换手术，随时都有可能发生危险。"

余锦欢转身要离开他办公室的时候，郑医生还是叫住了她，犹豫了好几次，最后才说："本来我不应该提这个建议……反正暂时不能做手术，还不如出院吧，开了药在家吃，效果都一样。"

余锦欢没有立即回答。她必须考虑考虑。既然随时都有危险，那么，在医院，无疑就有保障得多，然而，现实却摆在眼前，再这么拖两个星期，自己就真的是无力承担了，如果出了院，那些付给医院的费用就完全可以用来买药，那，也许是另一种保障吧？

余锦欢就告诉李林培，说医生建议出院呢。李林培开始反应十分激烈，说自己才刚刚学会走路就出院，不行不行！余锦欢只好把实际情况摊开了讲，并且说了自己的初步打算，回去后，李林培到婆婆那儿去住，自己去上班，去挣钱，去给他挣治病的钱。在她的心里，给李林培做置换手术是不可动摇的目标。

在这件事儿上，李林培一点就通，他立即赞同余锦欢尽早去上班。他比谁都清楚，自己能不能活下去，就取决于这个女人了。所以，出了院，李林培就直接去了翰林路 53 号。

尽管想到婆婆肯定不乐意，但她的表现还是大大出乎余锦欢的意料之外。门一开，看见是他们俩，婆婆立即沉了脸，指着李林培的鼻子骂道："老娘怎么生了你这么个没出息的儿子！好好的从来没有孝敬过老娘，病得要死了却要往老娘这里爬！"她往外推搡李林培的样子让余锦欢十分怀疑，也许李林培根本就不是她的亲生儿子。

余锦欢的肺都要气炸了，但她很清楚，对付这样的人，只有两个字：不理。余锦欢扶着李林培转身就往外走，李林培却不干了，他浑身颤抖，口齿不清地吼道："妈，我还算不算你儿子？！就算是个讨饭的，这么站到了你的门口，你也还要给两粒米吧？！你怎么就不想想？欢不去工作，哪来的钱给我治病？你给？！"

这么一闹，左邻右舍的窗户里都伸出了脑袋，余锦欢站在那里，觉得浑身不自在，像有万千根针在上面刺绣一样。

婆婆的态度终于缓和了些，沉默了一会儿，又冷冷地说："老大，不是老娘绝情，你还不知道家里的状况？那个老不死的东西什么都不管，家里哪一样不是要老娘操心？大弟刚谈了个女朋友，好歹也要迎进门吧？他跟你可是不同。"说到这里，婆婆瞥了一眼余锦欢，又道："你说，现在你这个样子，回来怎么住？"

李林培仍然不依不饶："一样是你的儿子，按说有病的更应该受到照顾，我什么时候麻烦过你？再说，也许根本就麻烦不了你几天了。"

窗户里的那些脑袋伸出来缩回去又悄悄地伸出来，却始终没有一个人走近前来，哪怕是简单询问几句也没有。余锦欢暗想，婆婆这一家子做人可真算是做到家了，估计家里失火了也别指望左邻右舍会来帮忙泼上几瓢水。

沉默了几分钟，婆婆总算是黑着脸让他们进去了。安顿好李林培，余锦欢逃也似的离开了这里。

说实在的，她心里还是暗暗为李林培担心，就婆婆那种态度，他住在那里也不会有好日子过，不过，也许求生的欲望会压倒一切，即使再不好过，他也会挺下去的。

余锦欢重新走向了人才市场，她不能再回商贸公司工作了。一来自己这么长时间没上班，总觉得对不起沈丹芬；二来欠了她的人情，自己也不好提要求加工资了，而目前，自己最要紧的就是找到工资开得高一点儿的公司，哪怕是被派往外地。

　　果然，要想工资高，就只能到外地了。好在快要过年了，大多数人都已辞工返乡，正是找工作的大好时机。

　　只跑了两天，余锦欢就跟一家建筑公司签了合同，工作地点在距离这座城市两百多公里以外的大山里，月工资一千五百元。公司承包的是一座梯级水电站办公大楼和职工住宅楼的土建工程，余锦欢负责这个项目的财务核算。

　　前任会计干了不到半年的时间，却把所有的账目都弄得乱七八糟，连账账相符这样最基本的财务核算原理都不遵循，更别说什么材料核算之类的了。余锦欢一接手，就等于是新账旧账一起算。连续个把月下来，余锦欢觉得屁股都坐肿了，偏偏颈椎这时也跟着凑热闹，每天晚上，余锦欢都得把枕头拿掉，让脖子尽量伸直，只有这样，才能勉强支撑第二天的工作。

　　这个地方十分偏僻，一座山连着一座山，不知哪里才是尽头。而所谓的镇，也不过就是在山包包上找了一块平坦一点儿的地方，建了几座砖房，开了几条平整一点儿的泥巴路，当地的农民再提些山货往路的两边一摆，一个镇就这么形成了。在泥巴路两旁的砖房里，多半是小发廊或者卡拉 OK 厅，这些，仿佛饥饿的胃，在时刻等待水电开发者们的到来。

　　镇中心离余锦欢工作的平房不算远，爬过屋后的一个山坡，再过几道陡坎就到了。余锦欢第一次到镇上，是领了工资之后去给李林培寄钱。一千五百元的工资，余锦欢只留下了五十元，其余的全部寄了回去。

　　所有在这里工作的公司员工都免费食宿，这让余锦欢很满意，尽管饭里经常吃出沙子，菜也都是大锅水煮菜，可余锦欢从不觉得苦。留下的这五十元钱，除了买必需的日用品、极偶尔用一下公司的收费电话之外，余锦欢还得添一瓶面霜。这个地方，冬天冷得瘆人，余锦欢的皮肤虽说一直白里透红嫩滑滑的，可到了这里，一样有种要绷裂的感觉。

如果不去买面霜，也就不会有事儿。冬天的太阳落得早，才下午五点多，天就暗了下来。余锦欢心想，回去的路都是下坡，怪不好走的，得快点儿找个店买了面霜好回去。走了不远，就看见一个临街的商店，余锦欢快步走到门前，正待进去，却突然被人从后面拉住了。

是屈平。这个建筑公司说白了，就是个家族企业，这个屈平，就是老板的妹夫。可惜没什么文化，小学毕业，老板就让他当出纳。说是出纳，实际上，连经理也得看他的眼色行事，更别说余锦欢这个小小的会计了。他的老婆更是了不得，管食堂，今天看谁不顺眼就摞勺子，明天看谁心烦就扣饭锅，反正碍了她的眼就准没饭吃。

余锦欢曾经就挨了一顿饿，另外还看了好几天的脸色。那天上午，余锦欢正在登录明细账，一抬眼，就看见一条小花蛇正往办公室里爬。余锦欢打小就最怕蛇，当即就吓得尖叫。屈平跟她对面坐着，顺手抄起扫把，三两下就把小花蛇甩出了门外，等他打死了蛇回来，看见余锦欢还脸色煞白地呆坐着，就给余锦欢倒了杯水。

正递过去，他老婆来了，伸手就把杯子打掉了，嘴里也骂开了："臭不要脸的，还跑到这里勾引我老公，有本事就待在城里勾引别的男人啊！"一碰上这种不以骂开腔就说不了话的人，余锦欢就傻了，她就那么眼睁睁地看着，看着那个女人喘着粗气边骂边把屈平拉走了。

　　这件事儿余锦欢几乎想也没想，就把它忍了。没办法，现在挣钱才是唯一。

　　此后，屈平就很少在办公室里办公，实在有事儿，就来一下，办完了事立刻抬屁股走人。大部分需要他处理的工作，余锦欢就走上二十多米，来到屈平和他老婆的寝室门外，把屈平叫出来，等两个人都站在了光天化日之下以后，再开始说话。寝室与食堂刚好处于对角线的位置，一切就都在食堂那个女人的监视之下，当然，余锦欢还要说得字字清晰明亮。

　　所以，乍一被屈平拉住，余锦欢吓得跟见到那条小花蛇差不多，只差没叫出声来。余锦欢甩了甩胳膊，发现屈平拉得还很紧，就急了，叫道："快放开！有什么事你说啊！"

　　屈平歪着嘴笑了："喏，到上面去说。"余锦欢闻到浓烈的酒味，就明白他是喝醉了。余锦欢一仰头，上面是个卡拉OK厅。余锦欢用另一只胳膊去奋力撕扯屈平的手，一边叫："屈平，你喝醉了。"屈平另一只手也伸了过来，干脆连余锦欢的两只胳膊全都抓住了。

　　屈平长得高大威猛，余锦欢挣出了汗也没用，反而被抓得越来越紧，甚至是被拖着往前移了。

　　冷不防一个人影冲了过来，"啪啪"两个耳光就抽在了余锦欢的脸上。屈平一下子松了手，余锦欢没有任何防备，突然就撞到了墙上。

　　余锦欢两眼直冒金星，完全看不清打自己的人究竟是谁，暴喝随即响了起来："死不要脸的臭婊子，把你老公都快克死了，还嫌不够啊？趁早给我滚回去！"余锦欢听清了，是屈平的老婆。

余锦欢强忍住疼痛，站了起来，模模糊糊看见那两片外翻的嘴唇正在一张一合，就毫不犹豫一巴掌甩了过去，立刻就有人号叫着冲过来，但被却另外一个人拖住了。

余锦欢跌跌撞撞地往山下跑，手被划伤了，膝盖也磕出了血，但已经顾不得这些了，她必须离开这里，哪怕是去卖血，也不能再待下去了。打从娘胎里一出来，爹妈就教育自己，女孩子做人一定要干干净净，这句话早就长成了骨头！虽然张智同曾让她丢失了一生的清白，但是，那不是她余锦欢有意犯的错。她实在咽不下这口气，都长成了骨头的东西，凭什么让人家随便乱嚼乱踹？什么都可以忍受，唯独这个不能！

经理把她拦住了。经理说："余锦欢，你不要这么冲动，冷静些，世界这么大，什么样的人都有，如果都计较，那还活不活了？"别的话余锦欢都没听进去，这句话却是听到了心坎儿里。她想，经理这么说，就已经是冒了很大风险了，就是站在她的立场上去看待这件事儿了，那么，自己就不能总是顺着自己的脾气跑了，而且，自己干的是财务，就这么一走了之，经理怎么办？他怎么跟老板交代？总不能把经理也置于两难的境地吧？还有，自己一直谨守的职业道德也就被自己给毁了。

余锦欢辗转反侧了整个晚上。第二天中午，公司总部的会计就从城里赶来了。账务检查从当天中午开始一直到后一天的下午才结束，然后就写了交接清单，余锦欢短暂的异地工作也就宣告结束了。

十三

舟车一路几个小时，颠颠簸簸回到城里时，余锦欢觉得自己简直疲惫到了极限，她想先回家躺一会儿再去看李林培。

然而，一开门，余锦欢就感觉到屋里有人。恐惧像角落里的蛛网，正在悄悄张开，余锦欢退到门外，对着里面大声问："谁？谁在屋里？"

就听到了哼哼唧唧的声音，余锦欢听真切了，这才循着声音慢慢走进去。推开卧室的门，是李林培睡在床上！整个卧室弥漫着一股混合的、难闻的气味。

李林培一看见余锦欢，眼睛就亮了，身子在被子底下动了动，那意思是想坐起来。

余锦欢边扶他边问："怎么回事儿？不是在吃药吗？"李林培咕哝了半天，余锦欢才听明白，他说还是余锦欢走之前给他买的药，吃完了他们就把他送过来了，每天只送饭，不喂药吃。

这么说，那唯一的一个月工资也被扣在他们那里了！余锦欢想立刻冲到翰林路去，想想还是忍住了，自己一不会骂，二不会撒泼，见到婆婆那张脸就会大脑空白，这事儿还是先搁一搁再说吧。

住院费结算完之后，哥哥寄来的钱还余了两千多一点儿，那个存折，自己一直揣在身上。先对付着用几天，得赶紧想办法，这么反复几回，李林培只怕是真的活不长久了。

也不知道是不是李林培意识到自己快要死了，还是人在临死前就会变得反复无常，总之，李林培的脾气越来越坏。他发脾气不要紧，却弄得余锦欢也开始惶恐，夜里老做梦。

总有两个梦反复纠缠着她。要么是独自坐在破旧的船上，船身黑褐色，晃荡不已，到处是浩渺无边的水。要么是立在万丈黄沙之中，四顾苍茫，除了惨白的月光和呼啸的风，就只有她自己的心跳……她一直弄不懂这两个梦为什么会有如此相反的背景，甚至，还一度怀疑自己是不是神经出了毛病。

直到李林培挥手打破了碗的那个早晨，她才仿佛梦醒一般，总算是明白了两个梦境的共同所指。

当时，瓷碗发出清脆的响声，红糖鸡蛋像一朵奇丽诡异的花，在灰暗的水泥地上瞬间鲜艳地盛开了，蛋白托着的蛋黄，在流淌的、浓稠的暗红中稳稳地坐落着，像浓烈的冷笑，白底蓝花的瓷碗却像骨头一样，一点点碎裂开去。这几天，她吃不好睡不安，总是胃空空的十分难受，嘴里却又吞咽不下，这响声正好让她感到了疼痛与饥饿搅和在一起的清醒。正是这么一激灵，余锦欢突然想到，水也好，沙也罢，它们要告诉自己的，无非就是无路可走，无非就是山穷水尽。

对，就是山穷水尽。当你看到处处都是水、水多得铺天盖地的时候，那意味着什么？意味着山穷！而沙呢？沙就更不用说了，漫天的黄沙只会制造眩晕与幻觉，它让你觉得处处都是路，而实际上，不管脚步伸向哪一个方向，都是绝境，可不就是水尽吗？

余锦欢越来越不安，还是去找梅西娅吧。

就打电话。接电话的还是那个男声。他说："噢，你是？余锦欢？梅西娅回过公司一次，给你留了一封信和一个包裹，有空的话，麻烦你来取一下吧。"

余锦欢糊涂了，这丫头，到底怎么回事？难道她辞职走人了？找不到我的人才留的信？两个人这两次的错过，让余锦欢心里还真的滋生了一层忧虑，这可是以前从没有过的事儿。

是南风曲公司统一的信封，封了口，正面与封口处都写了"余锦欢（亲启）"几个字，包裹不大，是一个小小的纸箱，倒是封得特别严实。余锦欢摇了摇头，想，这丫头就是仔细。一走出梅西娅的办公室，余锦欢就迫不及待地撕开了信。淡蓝色的信纸铺满了余锦欢熟悉的字迹。

亲亲的欢姐：

前不久，我回老家去了，没来得及和你打招呼，这次到公司，又没来得及和你取得联系。不过，我知道你会原谅我的（嘿，我先偷笑一个）！

罗素说："根本的幸福最有赖于对人和物的友善的关怀"，欢姐，你就是这样一个人，友善就长在你的骨子里，坦率地说，我就是这么被你深深地吸引了。

可我不是一个友善的人，我没法做到像你那样。当我的养父突然去世，我一直追求的幸福也就永远随着他升入了天堂。这是我应该承受的惩罚，因为我的幸福非常非常地不友善，它的存在，必将伤及我的养母以及与这个家相关的所有人。

但是，撇下我一直追求的不友善的幸福，我确实做不到，我要攀上云朵追上我的幸福（你又要笑话我真是傻完了）。可我要告诉你的是，欢姐，当一个人带走了你一生的阳光和雨露，尘世上的一切也就永远停止了，包括时间。所以对我来说，即将走向的新世界不是幸福的终结，而是幸福的开始，因为，我暗暗积攒多年的……熔岩将得以毫无顾忌地释放，这是多么值得珍惜的事儿啊（嘻嘻，为我祝福吧）！

我常常回想我们一起走过的日子，它们是那么轻松、纯净、美好！欢姐，我知道我现在的行为更加不友善，对你，对所有关心和爱护我的人。但是，好歹就这一次啦。原谅我吧，欢姐！

这些年来，我没什么积蓄，除了寄钱给家里，就都捐给老家一所儿童福利院了。去年瞒着你偷偷买了一对耳环，一直放着看，从来没戴过，现在把它送给你。还有那些珍珠，我做了两串项链和两个手链，一对送给你，另外一对我就带走了，对我俩来说，都可以算作永久的纪念吧。

欢姐，一定要记住，我会在我的新世界里时刻为你——我最亲爱的姐姐祈祷：祝你幸福！

……

余锦欢看不下去了。什么幸福！你放什么狗屁啊！余锦欢真是急疯了！她旋风一样折回身子，冲办公室里大叫："梅西娅到底去哪儿了？"她虽然没有完全弄明白这封饶舌的信，但梅西娅一直没说出来的那个字——死，她还是看出来了。

那个男人手中的笔都掉到了地上，也不记得捡，只顾瞪眼望着她。余锦欢听见自己的声音变得又粗又高："她死了，死了！你们知不知道？知不知道你们单位死了人？！"

"什么？！"那个男人从座位上弹起来，"你胡说什么？梅西娅是办好了手续才走的，说是要到南方去的！"没什么好说的了，这个臭丫头，什么事都做得滴水不漏，连最后的死，也安排得井井有条！该死的梅西娅！

余锦欢直接去了翰林路53号，捶开婆婆家的门，不等那张脸有任何表示，就丢了一句："我要出去几天，照顾一下你儿子！"余锦欢回来的这几天，婆婆立刻甩了手，再没登过她家的门。

这一次，婆婆失去了反应。坐在去深圳的长途汽车上，余锦欢想，平时再装疯卖傻的人，其实还是害怕真正的疯子，在那个时候，婆婆一定就是被自己疯狂的样子吓住了。

疯吧，这个世界真的疯了！梅西娅真是个十足的疯子，怎么活都不为过，就算爱上的是自己的养父，那又怎样？为什么偏偏要去寻死？梅西娅啊梅西娅，你这个臭蛋傻蛋笨蛋，不是别人杀死了你，是你自己把自己给杀死了！

　　余锦欢你也疯了，目的虽然万分明确——找到梅西娅，可是方向呢？方向在哪儿？就凭人家的一句话，就往南方走？南方该是多么笼统的概念啊。可余锦欢顾不上这么多了，只要有一线希望，她就非得把那个臭丫头找出来。坐在车上却找不着方向的余锦欢忍不住迷迷瞪瞪地想，自己要是孙悟空该多好，翻一个跟头，再手搭凉篷随便一瞧，管他东西南北，什么都逃不过自己的火眼金睛，你梅西娅纵然是藏到了天涯海角，我余锦欢也照样能把你给揪出来！

　　可孙悟空只肯躲在吴老夫子的小说里，他不认识余锦欢。没办法，驾不了五彩云，那就靠自己的双脚吧。根据自己居住的这个城市对南方的定义，余锦欢首先想到的只能是深圳。

　　一下车，余锦欢就感到自己像是被扔进了荒野。这条宽阔而笔直的路上，车来车往，热闹非凡，可是，没有哪一个人理会站在路边的这个人。路的两旁是一些不算太高的山，这些山大多残缺不全了，它们被削掉的那部分躯体就躺在路面上，然后被碾平，再在上面盖上许多房子，各种什么厂什么公司的招牌就显眼地立在这些房顶上，一路绵延下去。显然，真正的深圳之城就会在这样绵延的景象末端突然出现。

　　人类企图以一个地理的称谓来匡定一切，在一个内心焦虑失衡的人面前，完全是失效的。余锦欢看见这个南方的城市边缘，跟自己所处的那座城市的边缘并没有什么两样，不过是到处都以房子、烟囱、道路取代了花草树木罢了，以繁忙的人类活动来展示开发自然的斐然成就而已。而她不需要这些，她只需要一个熟悉的身影，或者有关她哪怕是一星半点儿的消息。

　　太阳明晃晃的，照在身上，就像在煎大饼，这里的冬天完全像自己那个城市里的初夏。余锦欢茫然地站在路边烤着自己，不知道下一步该走向哪里。

前面的路堵死了，那么剩下的，就只能是无奈地回头。天色渐渐暗了下来，这条路上，最多的就是深圳开往广州的车。

余锦欢没有去找哥哥余荣军，而是在广州火车站的候车厅里待了一夜。哥哥工作的地方离火车站肯定还很远，再说，自己这么失魂落魄的样子，两人见了面，只会徒生伤感，她不想让家里人为自己担心。

第二天下了火车，余锦欢就直奔市公安局，她要查一查近期办理边境证的人中到底有没有梅西娅。

但是没人理她，每个人都很忙。是的，这个城市里的每个人都很忙，他们的忙都与你余锦欢无关。在办证大厅里看够了一拨又一拨的人走进来又走出去，余锦欢突然愤怒了，她走到镜子一样的大理石台柜前，大声道："你们就不能停一下？为一个死人停一下？"大厅里所有的声音突然就消失了，仿佛水遇上了海绵。

终于有个男警官打破了沉寂，他站起来，说："把名字告诉我。"

秩序开始重新恢复，排在那个男警官面前的队列自动解散，转移到了别的队列的尾巴上。余锦欢一个人站成了一个队列，脸色灰黄，神情亢奋。

男警官在电脑上键入了"梅西娅"三个字，又抬起头来，说："没有这个人。"余锦欢不相信，她不知道电脑究竟有什么了不起的作用，她只疑心这个所谓的高科技玩意儿根本就不管用。男警官犹豫了一下，还是把一个记录本递过来，让她自己翻。

余锦欢一页一页地翻，一行一行地找，一直找到去年的 12 月份，也没能找到"梅西娅"。

最后一丝侥幸破灭了，彻底失望的余锦欢自信全没了，这一回，梅西娅是真的躲着她了，永远地躲着她了，她揪不回来那个臭丫头了！一阵疲劳顿时袭来，余锦欢感觉自己快要撑不住身子了，心里就想，得赶快找个椅子坐下来才好，眼前却一片黑暗，然后就什么也不知道了。

余锦欢睁开眼睛的时候，看见周围挤满了脑袋。一个女警官正端着水，从上往下俯视着她。余锦欢惭愧了，刚才还在这里发脾气呢，现在却在享受人家的关照，就挣扎着要站起来。女警官按住她的肩膀，说："喝点水，先休息一会儿吧。"

这一次，跟以往犯病比起来，余锦欢确实感到十分虚弱，但她还是扶着椅子站了起来，对人群笑了笑，说："谢谢你们！是老毛病了，一会儿就好了，没事儿的，我得走了。"说这几句话余锦欢用了好大的力气，但声音还是像云彩一样飘着似的。

她觉得自己每次运气还真好，犯病的时候，身边总有人在。前几次，总有梅西娅。可是以后没有了，永远也没有了！余锦欢向滨江公园走去，这个时候，她的心真是疼啊，像有千万只蝎子在撕咬。

到了南门的台阶，余锦欢实在走不动了，就坐了下来。冬天的长江水，缓慢、平静、清瘦，有点苍老。赶渡的人贴着余锦欢的身边来来往往，说说笑笑，卖菜的挑着篮子在讨论一天的收入，背着坤包的女人把高跟鞋踩得笃笃直响，太阳把脸贴在对面那座山的脚边上，用最后的余晖照耀着人们往各自的家奔去。

看着这条古老的江水，往事一阵又一阵地涌起，退下，又涌起。

那么鲜活的人，连任何铺垫都没有，就突然消失了，而且还是用那么隐秘的方式。"当一个人带走了你一生的阳光和雨露，尘世上的一切也就永远停止了，包括时间"，失去了时间与空间究竟意味着什么？就真的意味着死亡吗？这世上，可能也就她梅西娅一个人知道，这个死丫头，她就是那么突然而决绝地把时间和空间一下子给生生掐断了……余锦欢真想号啕大哭一场，可她只是像打摆子的病人一样打着哆嗦，根本就哭不出来。

石阶越来越凉了，余锦欢感到一种前所未有的孤单笼罩了自己，她撑起身子，缓缓地往汽车站牌走去。

刚蹭到自家楼下，余锦欢就与一伙抬冰箱的人迎面撞上了。余锦欢恍惚地想，这楼里，是谁在搬家呢？她靠在墙边，等着他们过去。这时，楼上跑下来一个小伙子，嘴里嚷道："往左转往左转！"余锦欢抬眼望去，一看，竟是李林培的二弟。余锦欢一时没反应过来，只顾张着嘴望着他。

李林培的二弟也慌了，嘴里住了声，光拿眼睛盯着余锦欢，两个人都停顿了片刻，余锦欢才虚弱地问："去看你哥了？"就这么一会儿的工夫，李林培的二弟已经镇定了下来，他挪开了眼睛，一副什么都瞧不起的神态，鼻子里"嗯嗯"了两声，就朝远去的冰箱追去了。

余锦欢十分纳闷，他怎么还在指挥搬冰箱呢？是在帮别人的忙？这里他跟谁认识？一到自家门前，看见门大敞着，屋里好像空了不少，余锦欢这才恍然大悟，他们刚搬走的，就是自家的冰箱啊！

余锦欢不知是该后退还是该前进，最终还是无力地靠在门框上。她看见李林培的脖子梗向卧室的门口，斜斜的眼睛向外瞪着，那个样子十分别扭十分难看，也不知道看见她没有，却是动也没动一下。

歇息了一会儿，余锦欢还是走了进去，一边伸手去搬他的脸，一边说："这么扭着，累不累啊？"李林培还是动也没动，眼睛仍然瞪着。余锦欢觉得不对劲了，摇了摇他，还是没动，伸手一探鼻息，已经没有了。

但他的脸上还有点温度，摸他被子里面的手，也还是温热的。完全可以肯定，就是在他的二弟搬冰箱的时候，他一口气没接上来，就咽着去了。

余锦欢一屁股就坐在了地上，有那么一刻，她甚至觉得死去的李林培要比她幸福得多，不想看到的人，不想看到的事，说不看就可以永远不再看了，多好！而她这个活着的人，却不得不看，还得面对他们。

李林培被埋在了雾水河村，这是婆婆的决定。在李林培的骨灰盒彻底被黄土掩上的时候，婆婆扑了过去，一边捶打着泥土，一边哭诉：老大啊，这世上再没有比你更可怜的人了啊，你在这世上一天好日子也没过上，挣下了金山银山，死了连你媳妇的一滴眼泪都没赚到啊，老大啊，老娘就给你做主了，让你叶落归根，在那边安安稳稳的吧……李林培的弟弟妹妹们也扑了上去，哭着号着。

余锦欢本来还想等李林培的墓修好后，奠两次酒再离开，见到这个样子，就抽身走向远处的那棵刺槐。"他们不是爱表演吗，那就表演去吧，反正我余锦欢再没有心情做这个观众了。"余锦欢在心里冷笑道。她想，等他们表演够了再去奠酒吧。

婆婆哭唱着的声音顿时变了调，喝道："你给我站住，想溜？没那么便宜，我们还有账没算哪！"

余锦欢本不想理她继续往前走，但想想李林培还尸骨未寒，犯不着跟那一伙人拗着，就停下了，慢慢转过身去，说："放心吧，我等着就是。"

李林培死了，自己跟这家人最后的一点瓜葛也算两清了，再不相往来就是了，何况，家里唯一值钱的冰箱都被你们抢走了，还要算什么账？余锦欢觉得可笑，自己已经山穷水尽了，还能榨出什么油水来？

余锦欢看到他们向自己走来，像墙，扇形样地向着自己围过来，就本能地靠住了刺槐树。

婆婆开口了："有两件事情，今天必须说清楚！一是房子，那是我儿子留下的财产，你得赶快腾出来，把房产证和钥匙交给我们，第二就是孙子，那可是我们李家的香火，虽说儿子没了，可香火不能断，你得把乐乐送回来。"

余锦欢万万没想到算的竟是这样的账！真是岂有此理！房子是乐乐的，乐乐是我的，李林培在世的时候，这伙人从来没去看过乐乐一回，现在倒记起这个孩子了！余锦欢的怒火像火山喷发，再也压不住了："是我的儿子和房子，跟你们有什么关系？"

婆婆的眉毛"唰"就吊起来了："什么？！你敢说跟我没关系？没我儿子，你现在能站在这里嘚瑟？早滚回你那穷山沟里去了，白让你住了这么多年的房子，够不错了，怎么，你还想赖上一辈子啊？美死你！"

余锦欢的心怦怦直跳，但她不想被胡搅蛮缠下去，她只想快点儿离开这个鬼地方。

"想走？没那么便宜！说吧，这账到底算不算？！"婆婆双手抱在胸前，挡在余锦欢的面前。

余锦欢不管，她一句多余的话也不想说，只想尽快避开那一堆蛮不讲理的横肉。李林培的两个弟弟冷不防就冲了上来，咒骂声和拳脚一起雨点一样地砸了下来："不听话？今天就要教训教训你！"

余锦欢本能地护住头，左躲右闪，然而，背上、腰上、腿上还是被砸得生疼。余锦欢只恨被自己这个抱着的脑袋里，怎么就不长出铁钩钢叉来，好把他们一个个钩成面条或者叉成肉饼。

脑袋能胡思乱想，可就是长不出铁钩钢叉。余锦欢索性趴在地上，嘶着声音叫："要打，你们就打个够吧，可想要我答应，死也不能！"

似乎有不少人啪嗒啪嗒地跑过来了，他们这才收住了手和脚。有个男人说："二婶儿，你这是干什么？有什么不能好好说吗？非得动手？"

婆婆撒开哭腔："哎呀，你们是不知道啊，培子都是叫这个女人给害的呀，可怜我短命的儿！"

男人说："二婶儿啊，人都去了，再有天大的事情，也不用追究了，再说，培子哥也算是享了福了，那，你还不清楚吗？再不要打人了，这里要是出了事儿，我们村可怎么交代，啊？！"

许多声音附和道："是啊是啊，有什么事商量着说呗！"婆婆不吭声了，立了一会儿，就一挥手，喝道："我们走！"

一个跟婆婆差不多年纪的女人把余锦欢扶了起来，一边给余锦欢抻平乱糟糟的衣服，一边说："培子这一家人到底是怎么了，变得我们都认不得了。"

那个男人看着余锦欢，说："你是嫂子吧？其实，我二婶儿原来不是这个样子的，后来可能是家里太不顺溜，人的脾气就变了，你呢，就多体谅下，你也别太伤心了，培子哥的病是先天性的，能活这么多年，已经够福气的了，要不，先到我家坐坐？"

余锦欢摇摇头，她感激这些人，但是表达不出来，满身的伤痛，让流露一丝笑意都显得那么艰难。

在李林培的坟前缓缓坐下后，余锦欢就一张张地给他烧火纸。每一张火纸燃烧的火焰都不大，很快就熄灭了，变成了灰黑色的片儿。风不知从什么方向吹来，这些片儿就散了，碎了，它们旋转着，四散飞向天空，像一只只细小的蝴蝶。

这样的场景，余锦欢只在电视里看见过，没想到，自己竟然就成了里面的主角。难道电视剧里本来就是真实的人生？自己原来从不相信那些剧情，在每次被打动得眼泪汪汪的时候，她就告诉自己，那都是假的，都是胡编乱造的。可是，瞧，这样的新坟，这些飘飞的黑色蝴蝶，不就跟电视里一模一样吗？

只不过没有哭声罢了。不仅没有哭声，而且，余锦欢现在真想把这个刚埋进黄土里面的人拉出来，当面锣对面鼓地问清楚：到底是谁害了谁？

"你倒是说句公道话呀！"余锦欢竟然说出了声，这声音把她自己也吓了一跳。她看到风把那些枯草都吹弯了，不远处的橘子树林也在簌簌作响，阵阵寒意袭来，余锦欢这才意识到，自己在这里坐得实在是太久了。

十四

余锦欢的胳膊和腿，到处都青一块紫一块的，左小腿处还破了一块皮，细细地往外渗血水。余锦欢到家的时候，天已经完全黑下来了。楼梯的灯早就没有了，东升公司破产前，这栋住宅楼就空着没人管理，公司被南风曲收购后，因为一阵哄抢，这些房子就更脏更乱了。灯没一盏是好的，就连余锦欢家门旁的那个灯座，也早已被人拧走了。

余锦欢掏出钥匙开门，一伸手，却没摸到门，这才发现，门竟然开着。余锦欢吓得汗毛都竖了起来，失声喊道："谁？！"却是一点儿动静也没有。

"谁在里面？你给我出来！"余锦欢的声音完全走样了。这楼里，现在除了五楼的孙家和六楼的葛家是常住人口外，就只剩了自己，其余的，都出去打工的打工、做生意的做生意，这里顶多就是他们偶尔歇脚的旅馆。

还是没人应声。余锦欢战战兢兢地摸到了客厅门旁的开关，打开灯，顿时目瞪口呆！屋里完全是遭劫后的景象，一片混乱。餐桌翻倒在地，电视机上面的那束干花被踩得稀烂，花瓶的碎片满地都是，电视机也不见了，儿子的童车抵在墙角，玩具撒了一地……立了一会儿，余锦欢脑袋里忽然闪过房产证，就连忙奔进卧室。果然，卧室里所有的柜门都大敞着，大部分东西都丢在地上，衣柜里叠放的衣服全都被揉得乱七八糟，那件包着房产证的淡蓝色春装就被掀在一堆衣服的旁边，冷冷的，像个弃妇。不用过去看，当这件衣服被找到的时候，就是他们欢呼胜利的时候。

这件衣服并不难找，因为余锦欢一直认为，这样的证件虽然重要，但它毕竟依附于它所载明的主体，没有了这个主体，那么，这个证件就应该发挥不了效用，所以，她把房产证用那件已经很旧了的淡蓝色春装包裹了一下，就放在衣柜左角一堆衣服的下面。

可是她错了，错在强化了主体的重要性而忽视了证件本身的重要性。在这样一伙人面前，主体在不在都不是问题，而且，他们在时时刻刻巴望这个证件失去主体，自己好乘虚而入。而证件放在哪里，确实无关紧要，他们最不缺的就是上天入地的本事。

什么叫欲哭无泪？当你看见自己被废墟包围，自己也成了废墟的一部分时，就会欲哭无泪。余锦欢开着灯，倚着床靠坐着，她没有力气去收拾这一切了。

坐着坐着，不知什么时候，竟然睡着了。第二天醒来，已经十点多了，余锦欢看见被子老老实实盖在自己的身上，心里有些满意，自己的肉体至少还能够辨别这人世间的冷暖。

就怕自己麻木了。屋里仍然是昨天的那个样子，看着看着，无名火就蹭蹭蹭直往余锦欢的脑门上蹿。她跑进厨房，取下挂在白色刀架上闪着寒光的菜刀，装进包里。余锦欢简直激动得浑身发颤，在冲向客厅的时候，竟然一脚就踢上了儿子的铃鼓。

铃鼓发出一阵剧烈而清脆的响声，把一屋子死寂的空气翻搅开来。这还是在儿子一岁的时候，梅西娅给儿子买的玩具，因为色彩鲜艳、响声清脆，当梅西娅拿在手里朝儿子边笑边晃动的时候，儿子兴奋极了，急着要去拿，却忘了自己待在童车里，结果就带着童车满屋子乱跑，那个憨样子，惹出了一屋子的笑声……

余锦欢停下脚步，蹲下去，捡起铃鼓，忍不住号啕大哭。这一次，憋了太久的眼泪终于得到了解放，像盛夏时节山洪暴发，滚滚而下，余锦欢哭得趴倒在地上，哭得眼泪鼻涕到处都是。往事一幕接一幕，清晰而纷乱，像潮水，余锦欢就是这潮水里的鱼或虾，被抛起来，又卷回去，卷回去，又抛起来，跑也跑不了，逃也逃不脱，就在里面被撕来扯去。

不过，撕扯了这么一阵，余锦欢觉得好多了，她从地上爬起来，用冷水洗了把脸，把刀重新插回刀架上。是啊，得冷静，这么冲上去，非他伤就是己死，有什么用？道理还没来得及讲清就会被自己一刀结束，这可不行！

得想办法。仔细想想，他们之所以那么凶悍不讲情理，不就是倚仗人多势众吗？集体的力量是强大的，如果我也找到一个集体为自己撑腰呢？余锦欢突然想起"有困难找组织"这句话来。原来在东升纸业上班时，梅西娅那个部门有时会接待来倾诉各种各样困难的职工，他们这些人，常挂在嘴边的就是这句话。

可现在该找哪个组织呢？东升纸业不存在了，总不能去找商贸公司的老板吧？党组织？自己又不是党员，名不正言不顺的，谁会管这档子闲事？忽然，余锦欢脑袋里闪了一下，就想到了居委会。对，就是它了，这个组织，就是按地界儿专门梳理老百姓日子里那些疙疙瘩瘩的。

接待余锦欢的是个胖胖的大婶儿，腰上的肉一轮一轮的，很立体，像层层梯田，人倒十分热情，只是动作总比声音要慢半拍。

看见余锦欢肿眼泡腮的样子，她就挪到余锦欢的身边坐下了，还伸手帮余锦欢捋了捋头发。这个动作让余锦欢鼻子发酸，她之所以相信天无绝人之路，就是因为在每每看似绝望的路上，总会遇上像眼前这样的好人。

胖婶儿说："姑娘啊，遇到什么难处了？不急，慢慢说。"余锦欢就讲了昨天挨打以及他们抢走房产证的事。胖婶儿睁大了眼睛，说："不会吧？会有这样的事？是什么原因呢？你们婆媳之间到底有什么解不开的怨恨？姑娘，你能不能说详细点儿？"

详细点儿？余锦欢真的不知道该从何说起，就想了想，说："阿姨，要不，您跟我去看看吧。"两个人就斜穿过仁和路，来到余锦欢房子的楼下。

胖婶儿停住了，气喘地说："你住这里？这不是原来东升集团的房子吗？你是东升的职工？"余锦欢点了点头，心想，居委会就是不一样，哪个旮旯都能弄得清清楚楚。胖婶儿又说："还是你有眼光，住这里多好啊，便宜，等于白捡了一套房。只有俺家那小子是真傻，竟死活不要。"

"您儿子？也是东升的？"余锦欢越发觉得亲切了。

"是啊，张智同，你认识吧？"胖婶儿眼里闪过自豪的光，半是炫耀，半是自言自语地道："自己管房子的，还非要花钱在外面买，这不，家里人又少，你说，住那大房子干啥？一天到晚空荡荡的，有啥好啊？还不如就住这房子，大小合适，又经济实惠……"

余锦欢听不清她在说些什么了，浑身的血像凝固了一样。胖婶儿摇着她的胳膊道："姑娘姑娘，你？"余锦欢这才回过神来，就一边把抓住自己胳膊的那只胖手往下拿，一边生巴巴地说："不上去了，您回去吧。"

胖婶儿的眼睛睁得把纹得细细的眉毛都挤到脑门儿上去了："咋？又不上去了？看看不是更好吗？姑娘，你可不能气糊涂了，啊？！有理走遍天下，有俺给你撑腰呢。"没等她说完，余锦欢就摆摆手，自己就势坐在了从来没有种过花草的花坛边上。

胖婶儿张了张口，还想说什么，见余锦欢闭上了眼睛，完全是一副疲惫不堪同时也是拒人于千里之外的样子，就拍了拍余锦欢的肩，轻声说了句："姑娘，凡事想开点儿，有困难就去找俺，啊！"然后横阔着身子，慢腾腾地走了。

余锦欢把脑袋埋进膝盖里。这个脑袋里好像什么都有又好像什么都没有，余锦欢觉得它完全不属于自己。太阳照着大地，无精打采，一点温度也没有，风却嗖嗖地吹，像从地缝里钻出的老鼠，还带着地道里凉飕飕的幽暗。本能总是在突如其来的事情面前耀武扬威，打倒一切，她真的只是出于本能，所以才像要拒绝这个清冷的冬天一样，拒绝了胖婶儿。

现在，她不知道下一步该怎么办，而且，也许压根儿就没有什么下一步了。绝望深深地攫住了余锦欢，她觉得喘不过气来。

余锦欢抬起头，想深吸一口气，突然就看见婆婆率领一伙人立在了自己的面前。婆婆嘴边悬浮着微笑，像鹰从空中俯视鱼一样俯视着余锦欢。

余锦欢一激灵，就猛地站了起来。现在，轮到自己俯视她了，可余锦欢还是本能地扭过了头，她实在不愿意看见那张脸。

"今天正式通知你，两天之内，必须搬出这个房子！至于乐乐嘛，还是可怜可怜你吧，我们就不要了。"婆婆丢下这句话，一伙人就跟在她的身后，准备凯旋而去。

余锦欢后悔自己没把那菜刀带上。她"呸"的一声，冲他们的后背吐了一大口唾沫，叫道："你们把乐乐当成什么了？告诉你们，就算你们这伙野人抢跑了房产证，这房子也还是我儿子的！"余锦欢还没喊完，李林培的两个弟弟就折回身，向她冲来，一个照着她的腿踢了一脚，另一个则扬起手照着她的脸劈来，余锦欢头一偏，巴掌落了空。这小子顿时猴急了，骂道："还反了你了！"

突然，一声暴喝："住手！"胖婶儿出现了！一伙人就齐刷刷愣在那里。

胖婶儿扫了一眼，走到婆婆面前，道："这里就数你年纪大，咋还纵容他们打人？！"婆婆挑起眼角，嘴角又悬浮起那种似有似无的笑，反问道："哟，这是我们的家事，打是亲，骂是爱，连这都不懂，你还装哪路子神仙？"

胖婶儿的脸"唰"地就红了。她把腰一叉，脸凑到婆婆跟前，大声道："在太阳底下打人，还有没有王法了？你看清楚了，俺是居委会的！"

婆婆的眼睛就顺了下去，退了几步之后，才又瞪起眼，说："居委会？居委会怎么了？我们的家事，与任何旁撇子无关。"胖婶儿趋前几步，道："嘿，俺倒是要看看，到底是有关还是无关，这事儿俺还就管定了！"

婆婆冷笑道："行啊，那就等着瞧。"然后把手挥了几挥，转过身，一起一伏地走了。

胖婶儿拍拍余锦欢的肩，说："姑娘，别怕，咱这是社会主义国家。刚才还亏得俺回来了，俺是不放心你就回来看看，没想到竟是这样，还别说，他们可真不讲理，往后有什么事儿，就只管去找俺。"

余锦欢点头。她不知道该说些什么，心里是感激的，也是复杂的，她不曾想到，张智同的母亲竟是这样的热心肠。这么想着，心里却越发替这个北方女人感到悲哀，她怎么会知道，自己的儿子却禽兽不如，揣着与她相反的秉性，与她背道而驰呢？

余锦欢忽然想到乐乐，把他丢在老家这么久了，也不知怎样了？余锦欢想到那个单纯而封闭的环境，想到时间久了，爹妈又会把老实和善良像阳光雨露一样洒进儿子的骨子里，心里就发了急。虽说那时是不得已送他回了老家，但现在李林培的事情已经结束，更要紧的是，乐乐已经到了该上幼儿园的年龄了，再不能让他在山高林密的老家坐井观天，重蹈自己儿时走过的路，何况，自己这么苦苦挣扎，不就是为了让他拥有一个高于自己的起点，拥有一个轻松一点儿的将来吗？

余锦欢决定今晚就去买明天最早回老家的车票。

十五

当余锦欢掏出钥匙开门时，乐乐大声喊："廖奶奶，廖奶奶开门啊！"余锦欢蹲下来，捧着儿子的小脸蛋，说："廖奶奶不在我们家了。"乐乐的眉毛皱起来了，带着哭腔说："廖奶奶不要我了。"余锦欢心里酸了一下，但她还是刮了一下乐乐的小鼻子，说："爷爷年纪大了嘛，廖奶奶得回家照顾爷爷。"

钥匙完全扭不动，余锦欢觉得这事儿蹊跷了，凑过脸一看，锁是崭新的，显然，旧的那把已经被换掉了。

余锦欢顿时明白了。也不过就这两天，他们可真是瞅得准啊！他们就像披着夜行之衣的狼群，随时盯着走在灯光下的自己，他们的视觉嗅觉以及本性构成了一张密不透风的监视之网，不管什么时候，自己始终处于这种来自暗处的监控之中，否则，他们的行动不会总是如此迅猛异常。

这些置人于死地的行为如果只针对我余锦欢一个人倒也罢了，可是，现在不同了，现在乐乐要在这里吃饭喝水玩耍，还要长大成人。就像一片树叶掉进了大海的漩涡中，恐怖成了席卷一切的波涛，余锦欢一把抱起乐乐，快速奔到了楼下。

仁和路刚刚被翻修过了，宽阔整洁的水泥路面上，新刷白的人行道在阳光下特别抢眼，对面的饰品店、服装店、水果店、面馆等各种生意门面顺着一溜排开去，像河流，一眼望不到尽头。从这里经过的人们，出了这个店，就进那个店，一个个都是多么的悠闲自在。

余锦欢紧紧抱着乐乐，向对面走去，现在她唯一的念头就是钻进人堆里。乐乐大约是觉得不舒服了，也或许是这花花绿绿的热闹景象吸引了他，他挣脱余锦欢的怀抱，要自己走。余锦欢就只好牵了他的手往前走着。

前面的一个中年女人边走边向一家挂满了时装包的店里张望，却不小心就碰到了前面正在躬着腰选鲜花的年轻男子，女人慌忙说"对不起对不起"，男子抬起头，摆摆手说："不要紧。"不远处，蒸玉米棒的老爷子举着一张五十元的人民币，向"嚓嚓嚓"炒板栗的中年男人大声问："零钱？换一个！"炒板栗的男人就挂着长把锅铲，从腰包里掏出一沓零钱来，食指蘸了口唾沫，数了几张五元和十元的……

虽然没有目的，只是随着人流向前走着，余锦欢却渐渐觉得热乎起来了，这些忙活的人，是多么生动和亲切啊。在余锦欢的眼里，生活本来就应该是这个样子的，它不排斥任何人，也不献媚任何人，它是人自己制造出来的。可是，余锦欢啊余锦欢，你到底怎么搞的？究竟是自己成了它的例外——被排斥了，还是自己经营它失败了——像一个破产的商人？

经过卖玉米棒的老爷子身边时，余锦欢刻意看了一下。没想到，一个配钥匙的小摊点就挤在旁边。余锦欢停住了脚步，想了想，俯下身子，问："可以开锁吗？"旧木头箱子后面的中年男人抬起头，警惕地打量了一眼余锦欢，生硬地说："不开！"

余锦欢失望地转过身子。这时乐乐却缠住她的腿，闹着要买东西吃。余锦欢左右看了看，就打算给他买个玉米棒。乐乐却不高兴，说："在姥姥家天天吃玉米棒。"他要吃板栗。余锦欢哄他道："姥姥家也有好多板栗，我们以后回去了再吃，好不好？"乐乐不依，说板栗好吃。余锦欢知道，板栗摆在这里卖，就成了肉价的豆腐，最低恐怕也要五块钱一斤。走过去一问，果然就是。

余锦欢重新折回来，花五毛钱，买了一杯豆浆，递给乐乐，乐乐大哭，挥手把豆浆打掉在地上。自己手里就只剩不到一千块钱了，就算把它们每一张都掰成几瓣来用，也支撑不了多久啊。乐乐啊，你怎么知道妈妈的处境！

余锦欢真是气坏了，举起手就要拍向乐乐的屁股，想了想，还是放下了，泪水一层一层就漫上来了，周围逐渐模糊成一片。

余锦欢只好蹲下来，抱住乐乐，拿乐乐的身体挡住自己的脸，她不想让自己的眼泪在大街上展览。

有个阴影罩了下来。余锦欢抬起眼，模糊地看见像是那个配钥匙的人。"走，开锁去。"果然是他。这时余锦欢才看到，这个人缺了一条腿，没有安装假肢，完全依靠拐杖支撑着身体的平衡。

刚才他警惕的眼神就已经说明，干这个活儿肯定是要冒风险的，甚至也许是违法的。其实，余锦欢在开口询问之前就已经有所顾虑，但她还是抱了隐约的希望。

余锦欢赶紧揩掉泪水，站了起来。这个男人的脸黑红黑红的，脸颊处布满了一根一根的红血丝，是典型的北方人长期被风吹过的脸。他的手里提着一个黑色的塑胶袋，有点沉，看样子里面装的是些开锁的工具。余锦欢接过他手里的袋子，牵着还在哭泣的乐乐，走在前面。

也许，同处于底层的生活使得他们之间有一种本能的默契。男人没再说什么。穿过街道，就要拐进余锦欢住的小区了，男人在后面喊："哎，不买把新的？"余锦欢转回头，望着他，只见他向左前方努了努嘴。

假如有钱，这锁就不用买了，直接换成一扇防盗门，让它像铁将军一样挡住那些小人，该多好啊！可是……选来选去，余锦欢还是挑了一把单保险的弹子锁。

男人抄起这把锁看了一眼，说："不行。"然后就前倾着身子走进了锁店。他直接要了一把"牛头"三保险弹子门锁。男人还用胳膊肘挡开了余锦欢掏钱的手，然后从一个薄薄的破钱夹里掏出了十元、五元、二元、一元。

男人把这个价值十八元的三保险弹子门锁钉在了余锦欢的门上，螺丝上完了，又用小铁锤轻轻敲击着这把新锁，金属与金属发出清脆的撞击声。余锦欢突然间有了异样的感觉，脸就红了。好在这个男人的脸几乎是匍匐在门上，没有看见她的异样。

断腿男人最后用手摸了摸这把新锁，说："好好看一下说明书。"然后就跨出门去。余锦欢抢过去，要提袋子送他下楼，却又被他的胳膊肘一拐，只好让到了边上。

余锦欢站在楼梯口，看他前倾着身子，一步步跳下楼去，这才想起，自己连一句"谢谢"也没跟人家说。但她觉得，那个男人一定明白，自己心里该有多么感激。在这样不喜欢多言多语的男人面前，自己的语言也就不知不觉短下去了。这样最好，现在的自己，本来就不想多说什么。

语言真是一种奇怪的东西，余锦欢发现，在越复杂的状况下，语言就越是短促。这就像一个人的经历，过多的繁难，会让人失去倾吐的欲望，因为在这种人的眼里，当下所看见的一切，与那些过去的事情相比，简直就是马尾穿豆腐。曾经的余锦欢，虽然有时也觉得事情复杂得不知从何说起，但跟现在的感受是完全不同的，那时，是因为笨拙，心底有诉说的欲望，只是找不到开启语言的方法，而现在，却是连欲望也没有了，是真正平静的一潭秋水。

可见，人的经历多像老家的那些山啊，它们一点一点地累积起来，就长成了耸立的山峰，而点点滴滴的艰苦与磨难，就构成了这座山峰沉默的因子。余锦欢忽然想起，唐朝大诗人杜甫写泰山"会当凌绝顶，一览众山小"，恐怕也有这个意思吧。

那个断了一条腿的锁匠，当时看到余锦欢家里乱七八糟的景象时，就是这样一种泰然的神色。了然一切？又好像不是，反正就是泰然。他不问，她也不说，她不问，他也不说。语言有时就是一种累赘，一种矫情，余锦欢想起他总是省略了称呼的几句短而又短的话，无端就觉得温馨而实在。

有乐乐在身边，余锦欢多日紧绷的神经总算是松懈了一些。当晚，余锦欢睡得很沉。

余锦欢打算还是先去找商贸公司的老板沈丹芬，看还能不能给个活儿干，哪怕是会计被别人顶了，干点别的也行。不过，在上班之前，得先把乐乐安顿好。

就去找了附近的一所私人幼儿园。其实也算不上是什么幼儿园，就是把那些自家大人顾不上招呼的孩子们集中在一块儿而已。这家的女主人也是个下岗工人，房里除了几堆积木、几辆玩具车，就没什么孩子们的玩物了。但这里便宜，一天一个孩子八元钱，管早餐和午餐。这都是明摆着的账，人家也没多赚，余锦欢觉得这个正适合自己的情况。

吃罢晚饭，余锦欢早早就把乐乐哄睡了。自己也刚迷迷糊糊要睡着了，突然听到有开锁的声音。余锦欢惊得从床上跳起来，心想，是锁匠？！然而，咒骂声响起来了，余锦欢这才听清，又是那一伙人。

余锦欢冲到门边，用身子抵住门。"不要脸的婆娘，你有本事就开门出来！"这是李林培的二弟。门被擂得嘭嘭响。

"你给老子滚出来！告诉你，你不要霸着这套房子不放，老子马上就要结婚了，你要敢冲了老子的喜气，老子饶不了你！"这是李林培的大弟。门在剧烈颤抖，像地震爆发。

余锦欢都舔到嘴唇被咬破的血腥味儿了，尽管气得发抖，她还是拼尽全身力气抵住门。最终，门被狠狠地踹了几脚之后，杂乱的脚步声消失了。

一切重新变得寂静，余锦欢也不敢打开门看个究竟，她拿了几把凳子，抵住门，才又重新倒回床上。夜再度浮了上来，像游荡在深海里的章鱼，总是悄无声息地覆盖掉被它盯上的一切。看着黑暗中的天花板，余锦欢不知道明天以及明天的明天，她又将面临着怎样突如其来的恐吓，她不禁下意识地搂紧了熟睡的乐乐。

第二天，余锦欢没有把乐乐送到幼儿园去，也没有去商贸公司，她牵着乐乐走进了居委会。

还是只能去找组织。胖婶儿摸了摸乐乐的头，给余锦欢倒了一杯水，说："这就对了，俺说过的，有事儿就尽管来找俺。"余锦欢没说别的什么，她翻来覆去就只是说："乐乐会被吓坏的。"简直跟祥林嫂一样。

胖婶儿咬了咬嘴唇，道："天下竟有这么不讲理的人？别人的房子还不让别人自个儿住了？这样，俺跟他们那儿的居委会联系一下，让他们协调一下。你就安心住吧，该做啥就做啥。"

接下来的几天里，果然平静了。余锦欢的心反而更悬了，她不知道这种平静的背后究竟隐藏什么样的危机。但是，这么想也没用，生活还得继续。余锦欢把乐乐送进了先前谈定的那所私人幼儿园，自己就去找沈丹芬。

沈丹芬紧紧拥抱了她，说："我说吧，这世上没有过不去的坎儿，挺过来了就好！"余锦欢一见老板还是那个精巧细致的样子，眼睛鼻子就有点儿发酸。她一直有这个改不掉的毛病，一旦被熟悉的事物包围，就特别容易感动。她努力深呼吸几次，才说："他死了。"

沈丹芬没多问什么，只是拉着她坐下来，说："现在这个新来的会计已经干了快三个月了，还不错。这样吧，公司的门面增加了一个，你如果不嫌弃，就去帮我守守门市，发发货什么的。工资还是暂时按原来每月六百元计算。"

"不，我得跟他们拿一样的工资。"余锦欢非常清楚，按照商贸公司的规定，守门市的工人都是基本工资加提成，沈丹芬这么做，完全是特例。

沈丹芬却笑了，眼睛瞟了一眼门外，提高了声音说："怎么啦？一个大会计，本来可以到更好的公司去干她的本职工作，却屈尊到我这儿，已经是给了我十足的面子啦。"门外如山似海的方便面盒子堆里就冒出几颗脑袋，冲着沈丹芬打趣道："这要是个男大会计，啧啧，还不知道要怎么安排呢。"沈丹芬笑骂道："放你娘的臭屁，欠揍啊？去去去，干活干活！"顺手就把桌上的粉笔头朝那个说话的脑袋砸了过去。脑袋们哄笑一声，都缩回去了。

空气中飘荡着真实的快活，余锦欢看着他们，觉得自己沉重的身子顿时轻松了不少。她跟着沈丹芬到了斜对角的另一个门面，才知道这里是专做文具用品批发兼零售。里面有一个年轻的女孩，短短的头发高高束起，朝天椒一样往天上冲着，嘴里嚼着口香糖，手插在裤兜里，一见沈丹芬，立刻飞跑出来，满脸的笑容，道："小姨来啦。"

沈丹芬顺着她的头发往上摸了一把，说："纤纤，给你带个伴儿来，喏，余阿姨，以后可要好好跟人家学习。"又侧过头对余锦欢说："康纤纤，以后多教教她。"

康纤纤双手搂住沈丹芬的腰，一脸的撒娇："哎呀小姨，知道了知道了，纤纤坚决贯彻执行老板您的最高指示。"沈丹芬腾出一只手，在康纤纤不知哪个地方拍了一下，嗔怪道："就光长着一张小甜嘴儿。"眼睛里却满是怜爱与欣赏。

沈丹芬一走，康纤纤看也没看余锦欢一眼，即刻一扭一扭地走到柜台里面去了。余锦欢先把柜台里的商品看了一遍，发现都没有标价，于是就小心翼翼地问康纤纤，能不能把商品的卖价给她看一下。

康纤纤的手插在裤兜里，斜靠着桌子，瞟了余锦欢一眼，一声没吭。余锦欢也只好不言语了，这个老板的姨侄亲戚，像夜晚行走的猫，高傲，警惕，只对自己的主人顺下眉眼放下尾巴。

有顾客来时，余锦欢就远远地看着他们交易，在心里暗暗记下商品的卖价和最后的成交价，再悄悄拿笔写下来，以便自己以后随时温习。

温习了其实派上用场的时候也不多，顾客来了，基本上都是康纤纤主动热情地迎上去，根本没有余锦欢说话的份儿。除非哪一天康纤纤没来或者临时有事儿出去了，余锦欢才有机会把那些记熟了的数字报出来。

流水账都是康纤纤记的，账本就锁在办公桌最左边的那个抽屉里。余锦欢卖出去的东西，只能临时在发货清单上记着，等康纤纤一显影儿，立刻交过去。康纤纤的字写得歪歪扭扭，跟鸡爪扒灰似的，而且用墨特细，风一吹就要散架一样。她记账时，不分收入栏和支出栏，只管一个劲儿地在"收入"项下一行一行地垒。看她的账，得仔细看清写的内容摘要，才能分清是进还是出。比如钱交到出纳那儿去了，康纤纤就写"出纳拿"三个字，简洁倒也简洁，就是念起来太拗口。更为糟糕的是，把这样的经常性支出撂在一大堆鸡零狗碎的收入中，就像把银针撂进了阳光照耀下的大海，要找到它们，还真的有点儿费力。好在沈丹芬也不怎么具体来看这个账本，否则，余锦欢真担心她要头疼不可。

余锦欢一看见康纤纤趴在那儿记账时，就有一种要提醒她的冲动，但一见康纤纤那种对待自己还不如对店里物品的态度，就把要说的话都给咽了回去。

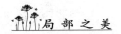

局部之美

十六

年在慢慢逼近。一到傍晚，一些楼层里就飞出五彩缤纷的焰火。走在街上，到处都是手提大包小包的人们在匆匆忙忙往家奔。那些包装袋里，不是食物就是衣服，仿佛一到了过年这个时节，全世界就只剩了吃和穿这两件事儿了。

余锦欢也开始采购了。虽说日子过得紧巴巴的，更没什么好心情，但是，余锦欢还是打算给乐乐准备点儿好吃的，再买一套新衣服，毕竟，在孩子的眼里，过年就是最大的节日，再怎么着，也得让他感受一下过年的温暖和快乐。

余锦欢没打算到超市。这几天，每天晚饭后，她就牵着乐乐上街溜达，看看有什么合意又便宜的东西，就顺便往家提一点儿。

许多在这里做生意的外地人都已经关门闭户回家过年去了，现在还守着摊儿的，多半是本地居民。几年前，东升纸业破产的那会儿，企业特别是中小型的国有企业，像遭了大风的庄稼一样，一茬茬地倒。那些下岗工人，开头多半有些抹不开面子，不愿意当小摊小贩，可是，随着改革的步伐迈得越来越开阔，他们发现，那些外来的生意人，一个个都发了财，他们怀里揣的，可都是属于自己这个城市的钱哪。本地人特别是这些下岗工人就再也坐不住了，也开始干了起来，小摊做，小贩也当，反正衣食住行，什么赚钱干什么，有些人的生意就慢慢做大了，挤进了先富起来的那个群体。

市场经济越来越活泛，生意也越来越不好做了。醒悟晚些的，觉得钱没那么好赚了，只好靠勤劳来弥补。比如现在还守着摊点的人，多半是后支摊儿的人，他们盼了一年，就盼在过年期间狠狠赚上一把。话虽如此说，但过年毕竟是头等大事，整条街已经空去了一大半。大多数门面都一律由卷闸门把守着，冷冰冰的，冒着热气儿的，就只有那些小吃店。

那个配钥匙的人却还在。炒板栗的最先撤离之后没几天，卖玉米的老人也收了摊儿，这个配钥匙的人就凸显了出来，孤零零的，像空岛上的一面乱旗。余锦欢牵着儿子从他面前经过的时候，都要看一眼，尽量放轻脚步。

看样子，那个人的生意十分清淡，多数时候都在抱着一本小说看。小说的许多角都翻卷着，封面只剩了半张，还耷拉下来，所以余锦欢也看不清楚这本小说究竟是什么名字。

有几回他好像是无意间看到余锦欢了，就冲她点点头，嘴角还牵出一丝若有若无的笑意。更多的时候他好像沉浸在小说里，对大街上来来往往的脚步毫不在意。

过年似乎对他没有什么特别的意味，这个操着外地口音的断腿男人，在越来越浓的年味里，却平淡得近乎冷峻，像他的生意。这天，余锦欢牵着儿子的手，提着一袋年糕要过街返回家里的时候，一边这么想着，一边忍不住回头看了一眼。

男人竟然也侧着头看向她这里。他刚才不是还在看书吗？余锦欢慌乱地低下头，觉得脸都红到脖子根了。回到家里，余锦欢给乐乐削苹果时，竟把中指割伤了。

上了床，不知怎么，竟浑身燥热，老也睡不着。余锦欢想，现在的冬天，越来越没有寒冷的感觉了，果真是全球都在变暖吗？反正自从落脚到这个城市，自己就只在1996年见过那么一场大雪。

所谓大雪，其实也不过就下了半天，纷纷扬扬的，像筛糠一样。下了之后，没有立即化掉，居然白花花地铺了一夜，一直到第二天中午才完全化成了水。那是周日的下午，正巧梅西娅也在，看见大坨大坨的雪花醉醺醺地飘下来，几个人都兴奋得不行。梅西娅昂着头在阳台上旋转，说："欢姐，今晚吃牛肉火锅！"声音被冷风噎了好几下。李林培飞也似的冲下楼，向菜市场奔去。

当晚，三个人吃得热乎乎的，最后把棉袄都脱掉了。余锦欢知道，在梅西娅的老家，每年冬天，都会下大雪，正是这场雪，让梅西娅在异乡找到了家的感觉。李林培也很兴奋，自小在这个城市的郊区长大，雪是个稀罕东西，不说下得少，即便是下来了，还在半空中就已经化成了水或者烟，能把薄薄的雪踩得咯吱咯吱响，还是遥远的儿时记忆，这场雪，让李林培一瞬间就回到了童年。

余锦欢想起自己土生土长的那个村子，每年的冬天，总会有几场大雪，每一场大雪少说也会在村子里待上个十天半月的。雪让整个村子都闲下来，人们东家串西家聊，成天围着烧得旺旺的柴火，讲老辈传下来的神神鬼鬼的故事。也有不讲故事的，就在别人家坐着，一坐半天，想起什么就说上一两句，想不起什么，就跟主人干巴巴地对坐着，吸旱烟。等到坐得不耐烦了，也不打招呼，拉开门，把手往袖子里一笼，就一脚踏进雪地里，吱吱呀呀地回家去了。小孩子们也喜欢拉把小椅子，坐在大人们的中间。他们是最闲不住，手总要在火灰里拨过来拨过去的，心里老是惦着火红火红的灰里面，那些土豆啊苞谷啊板栗啊是不是已经熟透了。扒来扒去，经常是一笼旺火就被扒得奄奄一息了。这时，当家的女人多半会一巴掌拍过去，打掉那脏得跟乌鸦爪子一样的小手，呵斥道："还扒，想吃生的啊？！"说着一边就夺过火钳，一边捉住铁钩，把吊锅往上升一升，重新把柴火码空，用吹火筒吹几下，火"噗"地一下，就又重新旺起来了……

现在回想起来，其实，三个人都因为那场雪找回了属于自己的记忆，所以才会那么不约而同地欣喜若狂。这些记忆来自于成长的岁月，带着家的温暖。说到底，他们三人中任何一个人真正意义上的家，包括李林培，都并不属于现在的这个城市，而是一直在自己心里储存着的、最温暖最美好的那个地方。

如果梅西娅还在，余锦欢现在就可以揪住她问这么想到底对不对，如果李林培也还在，说不定还可以重新让他讲一讲小时候他在雪地里跟别人打架的故事。然而，都没了，一切都没了！余锦欢的心又开始揪痛起来。

索性披衣起床，去一趟卫生间。摸索着"啪"地打开灯，一抬眼，余锦欢就在那面镶着紫红色塑料外壳的椭圆形镜子里看到了自己。棉布睡衣没有扣，敞着前襟，胸脯很白，两个半露的乳房格外显眼，发出瓷一般的光芒，就那么骄傲地挺立在镜子里。余锦欢下意识地把睡衣往胸前拽了拽。

余锦欢开始端详镜子里的脸，灯光下，看不见一丝细纹，几点淡淡的雀斑也似乎消失了，无悲也无喜，它是平和、光滑、柔静和迷离的。看着看着，余锦欢不自觉就散开了睡衣。

睡衣滑到了腰部以下，自己的上半身裸露无遗：乳头翘翘的，像两粒浑圆的咖啡豆，乳房微垂，但是丰腴饱满，腰身不算细，但结实柔韧，肚子上暗布着几条妊娠纹，但没有一点多余的赘肉……这是她第一次如此真切地逼视自己的胴体，而且是无意中由它自己呈现在眼前。余锦欢对它十分陌生，多数时候，它被套上衣服之后就淹没在群体之中，作为这个世界某一个十分微渺的局部而存在，但是，就在今夜，因为它的躁动与不安，这才提醒了余锦欢，原来它是如此健硕，如此美丽，如此忠实于自己，它真的需要欣赏与安抚。

余锦欢第一次拿眼睛认真地、一寸寸地看过它，然后又忍不住拿手一寸寸抚过它。余锦欢开始气喘不匀，她关掉了卫生间的灯，抵住门，抱住自己，就像抱住了整个世界。

十七

房产证一直被那伙人捏在手里，余锦欢的心里始终悬着一块石头。绞尽脑汁，她也想不出什么好主意把它拿回来。对簿公堂？自己实在没那个经济实力；找几个黑道上的人，以恶治恶？就怕到头来是事情没解决，麻烦却缠了一身。

好在这段时间虽然提心吊胆，但他们并没有闹上门来找碴儿，真该谢天谢地了。余锦欢决定暂时放下这件事儿，好歹等过个平安年再说吧。

腊月二十九，沈丹芬就让余锦欢别去上班了。其实到了这个时候，正是赚钱的黄金时节，店里缺的就是人手。但老板坚持说，男人们留下来上货下货，女人们一律回家洒扫庭除，准备年货。

余锦欢倒也没什么好准备的，就乐乐和自己，吃不了多少，更喝不了多少，平时零零星星拎回家的那些东西，就已经足够了。在心里，余锦欢很想逃开这个年，面对一穷二白的空屋子，她真保不准哪一刻就会触景生情，又弄得控制不住自己的情绪。

还是里里外外收拾了一遍，又把儿子的玩具统统清洗了。玩具一大半都是梅西娅买的，余锦欢每拿起一件，就会看见梅西娅。

擦擦洗洗特别慢，因为老是走神，到了傍晚，总算把那个庞大的直升飞机晾在了阳台上。余锦欢直起腰，顺眼往阳台下一望，突然看见那个断腿男人正往楼上张望。余锦欢赶紧背过身子，心怦怦直跳。

兀立了一会儿，还是悄悄地扭过去，探头探脑往下看。其实，在余锦欢背过身子的时候，那人早看见了她，就在等她转回身子。

那人招招手，意思是让余锦欢下去。余锦欢犹豫了一下，还是跑了下去。原来他的面前放了一大堆东西，都是吃的。男人说："提上去。"然后转身就走。

他的拐杖重重地跺着地，就要拐过墙角了，余锦欢突然冲上去，从背后抱住了他。

当晚，乐乐睡熟后，两个人就把床弄得快要散架了。这个叫钟天福的男人比余锦欢高不了多少，但做起那事儿来却非常勇猛有力，特别是他的身子总是微微倾向完好的右腿，这正好是余锦欢感觉最舒服与刺激的体位。两个人都像焦渴已久的庄稼忽逢大雨一样，彼此几乎都能听到对方藏在舌根之下的吞咽之声。余锦欢紧紧地抱着这个断腿男人，尽力把自己送上去，只有在这个时候，余锦欢才觉得孤单与虚空暂时被逼退到了身体以外。

乐乐不喜欢这个叔叔，因为自从这个叔叔来家里以后，每天晚上，妈妈都要哄自己到摇篮床上睡觉，即使自己耍赖在大床上睡下了，第二天醒来，还是躺在摇篮床里。所以，每次钟天福拿零食讨好似的喂给乐乐时，乐乐都会把嘴一噘，脸一扭，毫不领情。

钟天福一点儿也不生气，还笑眯眯的，余锦欢却觉得尴尬。在她的心里，从来就没有把爱和欲割裂开，她认为它们是统一的，欲应该建立在纯粹的爱之上。每次看见乐乐率性的样子，余锦欢也问自己，对这个不了解自己、自己也不了解的男人，你究竟有多爱他？

似乎说不上来。可自己为什么又离不开他呢？从情理的角度，本不该这样的，丈夫丈夫死去了，朋友朋友消失了，生活过得乱麻一样，自己该走向哪里？不知道。怎么走？更不知道。一切都是空的，像失神的眼睛，没有目标，没有方向，更别提什么情与爱了，它们都成了沉积在山洼里的死水。

也许是生命的本能吧，是它在推着自己向前走。在这本能之中，最为明确与直接的就是生理需要，否则，自己怎么会如此急切、不加选择地总想要抓住它？所以，在清醒的时候，余锦欢就没那么理直气壮了，她更加小心地呵护乐乐，也十分谨慎地与钟天福相处。

他们从来不过问彼此的从前、现在和以后，他们就像两个完全陌生的篇章，因为表达的主题恰巧一致，很自然就组合到了一起。钟天福总是默默地帮余锦欢做这做那，实在没什么可做的了，就默默地坐着，看乐乐一个人颠三倒四地说话或者追着玩具满屋子乱跑。

也许是因为听多了李林培那些空泛的承诺，余锦欢现在倒是真心实意地喜欢这种安静，还有这种安静中用动作表示的直截了当。这种态度，显得真诚、坦率、毫不虚伪，让她感觉到一种沉实的力量、生机、安然和依靠，就像他给她的真实的肉体。

可他会不会扛起相应的责任？他没说，余锦欢也没奢望。她想，他们之间是平等的，两个欲望的火球相遇，说不好究竟谁应该先为谁燃烧——那就彼此燃烧吧。有时从厨房偷眼望过去，余锦欢也会恍惚，这个和自己睡觉的男人，是不是真的就像自己猜度的那样，和自己揣着相同的心理？然而，余锦欢什么也看不出来，他就是那种没有任何表情的表情，总是无限平静的样子。

转眼就到了阳春三月，仿佛就在一夜之间，梧桐树秃秃的枝枝丫丫上，又重新站满了翠绿的叶子。各种飞虫也多了起来，走着走着，它们就冷不防撞上了人的鼻子，用手挥也挥不散，还越挥越多。它们还似乎特别喜欢颜色鲜艳的衣服。乐乐有一天穿了一件娇黄色的小褂子，就老是被一大群丁丁点点的小蠓子围着。在接他回家的路上，乐乐看见余锦欢不停地在自己的身后挥舞着胳膊，就说："妈妈，我怎么没有牛牛那样的大尾巴？"

余锦欢见他十分认真的傻模样，忍不住笑了。乐乐一定是记得姥姥家的那条大黄牛，长长的尾巴一天到晚甩来甩去的，只几下就把蚊虫赶跑了。也难怪，乐乐似乎总是对在姥姥家住的那些日子印象深刻，也充满了想象，反而是回到了自己的家里，就躁得慌，还经常问余锦欢什么时候去看姥姥。

其实，她也不知道什么时候能带他回老家去。现在生活好不容易平静了些，那伙人一直没再来找麻烦，但也容不得自己整天整宿地不归。她得随时守护着，提防有人再来砸门撬锁，不过，倒是应该去谢谢胖婶儿了。人家肯定是与那边的居委会打过招呼了，否则，自己的生活不会如此风平浪静，不管怎么说，至今连道谢也没说一声，确实说不过去。

余锦欢打算第二天早上迟点儿上班，先去找了胖婶儿再说。

这个班上得似乎也没什么意思了。春节过后第一天上班，余锦欢就看出来了，沈丹芬不满意自己了。

那天，沈丹芬照例是要去和每个员工打招呼的，一人给一个装着六元人民币的小红包。到了余锦欢这个店里，余锦欢和她打过招呼后，沈丹芬把红包递过来，眼睛并没有望她，也没有问什么，只在最后要走的时候，侧过身子，望着一堆文具说："以后有什么不懂的事，尽管问康纤纤，不要到处抄抄写写的。"言下之意，好像余锦欢干了些什么特务勾当。

余锦欢好半天没回过神儿来，只好眼睁睁地看着她走了。事后，余锦欢也想去找沈丹芬解释一下，可去了两次，她都没在办公室。想想，沈丹芬已经十分有恩于自己了，解释来解释去，只会给她带来不必要的烦恼，何苦呢？再说，自己也确实拿着笔整天抄抄写写，而且写的是每一样商品的价格，人家怎能不怀疑呢？

从第二天起，余锦欢就停止了抄写。好在大部分商品的价格她已经烂熟于心，即便康纤纤不在店里，自己也基本上能够应付了。

然而，事情并没有结束。就在上周二，康纤纤没来，沈丹芬却亲自来了。她走进店里，逡巡了一遍琳琅满目的商品，然后斜靠着康纤纤的办公桌，对余锦欢说："康纤纤还小，不经事儿，你比她大，经过的事儿比她多得多，什么事情就多让她一点儿，尤其不要在顾客面前胡乱损毁别人的形象，一个年轻女孩子，将来还要嫁人

　　的，再说，你们都是我店里的员工，不管什么时候，我都希望你们能够和睦相处。"沈丹芬还是跟平时一样平静的脸，声音也一样平静，可在余锦欢听来，这话简直像狂风暴雨抽在脸上。她完全蒙了。

　　余锦欢张了张嘴，很想解释，可又不知道该从哪儿解释起，因为她不知道这话的根底在哪儿。记忆中，自己从来没有和哪一个顾客有多亲近，更不会去谈论康纤纤的形象问题了。

　　沈丹芬走远了，余锦欢才一屁股跌坐在康纤纤平时坐着的那把唯一的椅子上。回忆了半天，最后还是只能确定，自己跟这话没任何关系。那么这话从何而来？为什么康纤纤今天没来？难道是被自己所谓的"损毁"气病了？

　　想来想去，余锦欢越来越肯定，是康纤纤自己一手导演了这出戏。如果是有人故意向沈丹芬煽风点火，想要挑拨康纤纤和自己之间的关系，那未免也太没脑袋瓜儿了。康纤纤是沈丹芬的亲戚不假，但是，余锦欢能够再一次进入这个店里，而且拿着跟普通销售人员不同的工资，也是明摆着事儿，有谁愿意去搅这趟浑水？

　　从进入这个文具店开始，康纤纤就时时刻刻不忘暗示自己，这个店是沈家的，与外人无关，比如瞧不起自己的神态，比如锁上价格明细，比如掩着账本记账，比如抢着迎向顾客……仔细回想，余锦欢明白了，其实康纤纤就是要把你余锦欢从这个文具店挤出去，而且最好是挤出她小姨的商贸公司。明白了又怎样？总不能去当着老板的面分析推理这一切吧？且不说自己压根儿就不知从何解释这纯粹子虚乌有的事情，更关键的是，人家之间是什么关系？沈丹芬纵然再富有同情心，再是精明无比，她也不可能质疑跟她有血缘关系的康纤纤，而去信任你余锦欢这样一个外人吧？

　　余锦欢想了好几天，觉得再怎么委屈窝囊，沈丹芬的恩情自己还是得记着，不管康纤纤怎么对待自己，自己也没必要去解释什么，破坏人家的亲戚关系。等干完了这个月，工资也不要了，算是还一点儿自己欠沈丹芬的那份情。

　　所以，余锦欢也懒得向康纤纤请假，说自己第二天要迟一点去上班的事儿。

　　到居委会的时候，胖婶儿正在接电话，看见余锦欢走了进来，连忙拿手捂住了话筒，努努嘴，示意余锦欢坐下。胖婶儿对着话筒说道："好你个兔崽子，长本事了啊，连你妈的话都不听了？"余锦欢听到那边在笑。

　　挂掉电话，胖婶儿说："喏，张智同，到现在一个女朋友也谈不成，给他介绍吧，见都懒得去见一面，你说说，这叫啥哩？唉，不知啥时候俺才抱得上孙子哦。瞧瞧，都是同事，咋就俺家那小子不开窍呢？"

　　余锦欢有点生硬地打断了她的絮叨，说："阿姨，这段时间他们没来找麻烦，我知道，都是您帮了大忙，特地来说声谢谢！"就把手中的雪梨放在了她的办公桌上。本来余锦欢还想跟她讲讲房产证的事儿，再请她帮忙出出主意，现在也不想了，只想把感谢的意思表达到了就赶快走。

　　胖婶儿笑了："哦！本来他们就不占理嘛。放心吧，以后再也不会来找你麻烦了，安心过日子吧。"余锦欢再次表示了感谢，站起身，准备告辞。

　　走到门口的时候，胖婶儿忽然想起什么似的，在余锦欢的身后问道："对了，姑娘，房产证给你送回来了没有？"余锦欢转回身子，摇了摇头，诧异地看着胖婶儿。

"咋？还没送回来啊？好，俺知道了。"胖婶儿像一个将军，满脸都是严肃与庄重，似乎在思考什么，又向余锦欢挥挥手，说："你忙去吧，他们会送回来的，就这几天。"

电话又响起来了，胖婶儿折回去，抓起话筒，同时朝站在门口的余锦欢摆摆手，表示再见。余锦欢只好走了。

一路上，余锦欢都在想，胖婶儿是用了什么方法，竟会让那一伙人主动还回房产证？如果真的是居委会出面，会这么奏效吗？一来自己并没有通过正当渠道申诉，二来居委会也没有强制执行的权利啊。凭自己对那一伙人的了解，他们从来就是黑白不分，又怎么会屈服于居委会的说教呢？如果说胖婶儿通过其他的手段帮助了自己，那也不太可能啊，自己跟她不沾亲不带故的，她怎么会冒着得罪本地人的风险而去帮助自己这样一个无依无靠的人呢？

但不管怎么说，看胖婶儿那样子，房产证回到自己的手中已经是铁板钉钉的事儿了。这真是太令人高兴了，仿佛久阴的天一下子露出了太阳，简直令人眩晕……

走进店里，余锦欢似乎都还带着微笑。

康纤纤鄙夷地拿眼角扫了她一眼，道："哈，多不简单哪，上班迟到连假也不用请，还怪高兴的，啊！"余锦欢想想自己反正要走了，也不想多招惹她，就淡淡地说："对不起，事儿很急，没来得及向你请假。"

"哟！什么时候把我看得这么高了？我可承受不起，我衷心谢谢你了，你什么人物啊，公司的制度都管不了你，还用向我请假？！"康纤纤完全是一副挑衅的态度。

余锦欢真是受不了她那种斜眼瞧人的样子，就忍不住反问道："那你说我该跟谁请假？"康纤纤见一向低眉顺眼的余锦欢居然敢反问自己，"啪"的一声就把自己正打着圈儿玩弄的钢笔摔在桌子上，霍地站起来，指着余锦欢的鼻子道："哟嗬，说你胖还真就气喘了？也不拿个镜子照照，拽个啥？我看你到现在都还是一窍不通的柴棍子，都不知道这公司姓甚名谁！"

余锦欢光张着嘴喘气，又不知道该说什么了，脑袋里就只有一个念头：走！脚就真的迈了出去，走向市场的大门。

突然，一声喇叭在她身后炸响了，余锦欢一扭头，一辆面包车擦身而过，司机伸出头，骂道："找死啊？！"余锦欢这才清醒了些，倒也没觉得有多么惊吓。

就挪到边上的人行道上去。侧过头看看，自己已经站在整个市场的外面了。余锦欢忽然想到，总该去跟沈丹芬打个招呼吧，自己跟康纤纤这样，但也犯不着就这么不明不白地不辞而别。于是就折回去，重新走进市场。经过文具店时，余锦欢看也不看里面，而是下意识地挺胸抬头。

刚要进沈丹芬的办公室，就看见康纤纤正半躬着腰，跟沈丹芬说着什么。沈丹芬一眼就看到了余锦欢，脸明显沉了下来，但还是看了余锦欢一眼，说："来了？坐！"

余锦欢没有坐，她望着沈丹芬，不禁百感交集，泪水就汪在了眼眶里。沈丹芬叹了一口气，对康纤纤说："你回店里去。"康纤纤盯了余锦欢一眼，撇了撇嘴，身子一扭一扭地出去了。

沈丹芬点了一支烟，沉默着。余锦欢也不知到底该说些什么。良久，沈丹芬从白底黑纹的坤包里掏出钱夹，拿出六百元钱，一边递给余锦欢，一边说："这个月的工资，拿着吧。"真的就下逐客令了！余锦欢只觉得万分悲伤。

她把钱推了回去，然后撑着桌子，站了起来。沈丹芬一闪身，就挡住了余锦欢的去路，说："这是你应得的工资，拿着吧。"余锦欢用胳膊肘拐回沈丹芬的手，绕过她的身子，往外走。走出门，还是回过头来，对沈丹芬蚊子似的嘤嘤道："谢谢你！"

沈丹芬没有追上来。余锦欢回到家的时候，钟天福已经把午饭做好了，正坐在桌子边等她，听见钥匙响，就架着拐杖"笃笃笃"向门口走来，一边说："回来了？吃饭吧。"

余锦欢一把推开钟天福正要接包的手，叫道："吃吃吃，整天就知道吃饭吃饭吃饭！"钟天福一个趔趄，撞在门框上，差点儿摔倒。

他一句话也没问，只是一颠一颠去给余锦欢倒了杯水来，水也没递给余锦欢，就放在餐桌上，还冒着热气。钟天福把拐杖靠墙竖着，扶着椅子坐下来，一声不吭，巴巴地望着余锦欢。

又不知说什么好了，似乎也没气生了，眼前的这个男人，他有什么义务当自己的出气筒呢？人家自己连肢体都不健全，还要这么好脾气地看你余锦欢的脸色，余锦欢啊，你到底有什么理由冲人家要性子？

可就是觉得悲伤。余锦欢对着桌子上的菜，低着眼睛说："你吃吧，我想躺一会儿。"就起身走进了卧室。

刚躺下，钟天福就把门轻轻地推开了一条缝，瞅了一会儿，见余锦欢没什么反应，就又挨挨擦擦地摸了进来，一言不发，撑着拐杖站在床前，盯住余锦欢看。

余锦欢闭着眼睛，却清晰地听到了钟天福的呼吸，眼泪就淌到了床上。钟天福俯下身子，不停地用手和袖子抹掉她源源不断的眼泪。余锦欢突然抱住钟天福，声嘶力竭地放声大哭。

钟天福腾出一只手捋着余锦欢的背，还是一句话也不说。哭了好久，余锦欢的声音总算是小了下去。钟天福开始动手解她的衣服。

虚空又在无限膨大，余锦欢必须抓住点什么，哪怕是一个点，或者一个小小的局部。

窗帘也没拉，两个人就疯狂地滚在了一起。

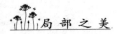

十八

最后两个人都累趴在床上。喘息方定，钟天福扳过余锦欢的头，从枕头底下摸出一个暗红的本子，递给余锦欢。

是房产证！余锦欢忽地一下就坐了起来，这可是她一直惦记着的颜色！

余锦欢捧着它，上面的签名还是"李林培"三个字，一字未改！余锦欢终于听到了石头落地的声音。

钟天福"嘿嘿"地笑了，说："快要十一点了吧，我刚进门，后面就跟上来一个人，揪住我问：'这是不是余锦欢的家？'我说是，他瞪了我半天，又问：'那你是？余锦欢呢？'我说，余锦欢是这个家的皇后，我就是那个皇帝。他又瞪了我好一会儿，最后从公文袋里拿出这个，给我了。"钟天福还简单地描述了那个人的样子，余锦欢知道，那人是李林培的大弟。难道那如狼似虎的一家人一夜之间突然良心发现了？不可能啊。那么，胖婶儿究竟施了什么魔法，竟让他们如此俯首帖耳？

这件事儿，唯一的知情者就是胖婶儿了。怎么能白受人家的恩惠呢？一定得弄清楚，到底是谁帮了自己这天大的忙。人说滴水之恩当涌泉相报，虽说自己一时还做不到，但会放在心里，一点一点地偿还。

下午，余锦欢买了不少的菜回来。去菜市场之前，余锦欢嘱咐一起下楼准备去守摊点儿的钟天福，让他晚上别来了。钟天福就有些疑惑，还有些难过，道："因为房产证？这么隆重？怕我连累了你？可你得答应我啊，千万别把皇帝给换了。"余锦欢又好气又好笑，伸出食指点了一下他的脑门，道："瞎想些什么呀？来吃饭的人是个阿姨。"

余锦欢早早就去接回了乐乐，回来的时候，又特意绕到居委会，请胖婶儿晚上到自家吃饭。胖婶儿犹豫了一下，说："俺家还有一个人呢，俺走了，他就没饭吃了。"余锦欢道："您看，我又少说了一句话，把叔叔一块儿带来啊。"胖婶儿笑了，点头道："好好好，姑娘，你也别多准备，他来不来随便吧，反正俺一定来。"

余锦欢顿时觉得轻松了不少。本来，她应该定个好点儿的餐馆，再去请胖婶儿，可目前自己就这个条件，只好在家里将就了。想想，胖婶儿可真是个大好人，爽快，不挑剔，挺体谅人的，自己刚才就这么去请她，人家的态度一点儿也没让你觉得尴尬。

　　余锦欢做了一桌子菜，怕老头儿也来，就又去买了一瓶二锅头，心想，买这种酒准不会错，老头儿多半爱喝这种酒。

　　仔鸡炖鲜菇煮得咕嘟咕嘟直响，乐乐看着一桌子五颜六色的菜，兴奋不已，一会儿从厨房飞到客厅，一会儿又从客厅飞回厨房，像只鸽子，嘴里还不停地向余锦欢报告钟点："妈妈，时针指到六了，分针指到二了。"隔一会儿，又喊："分针指到五了。"

　　余锦欢正在取筷子，听见有人敲门。乐乐飞跑过去，开了门。余锦欢一边叫："阿姨！"一边就迎了出来。

　　一见胖婶儿后面的那个人，余锦欢就愣住了，笑容僵在了脸上，筷子也跟着哗啦啦掉在了地上。胖婶儿诧异地看看余锦欢，又回过头，看看张智同，张智同冲他母亲眨眨眼睛，一脸的怪相。

　　乐乐仰起头冲余锦欢嚷道："妈妈，妈妈，你怎么了？你看，筷子都掉了。"余锦欢这才慌慌地弯下腰，一边捡筷子，一边说："阿姨，您先坐，我泡茶去。"

　　进了厨房，余锦欢靠在灶台上，脑袋里面乱糟糟的，难道帮自己的不是别人，是张智同？为什么是这样啊？胖婶儿跟了进来，说道："姑娘，俺看你是太累了，别泡茶了，饭不是已经做好了吗？俺们就直接上桌吃饭。"

　　余锦欢赶紧去开灶台顶上的柜门，说："也好，一切随阿姨的意思。"就换了一把筷子。

　　张智同跟乐乐喝饮料，胖婶儿喝酒。余锦欢给她斟第一杯酒的时候，她说自己每顿都要小饮一杯；劝她再饮一杯，她说这杯子确实比自家的小，可以再喝一杯；再给她斟第三杯酒，她说姑娘你自己吃，别尽忙着招呼别人，俺自己来。余锦欢站起身准备给她斟第四杯酒，张智同发话了，说："妈，您今天已经过量了，不能再喝了。"说着，就从余锦欢手里拿过酒，放在自己的旁边。

胖婶儿笑了，说："姑娘，你瞧瞧这小子，他妈喜欢的事儿，他都拦着，酒不让俺喝，媳妇不给俺找，你说这叫啥事儿。"余锦欢咧开嘴，也不知自己到底笑了没有，道："阿姨，有这么优秀又体贴您的儿子，只怕做梦都笑醒了，还担心什么啊？"

余锦欢感到张智同使劲盯了自己一眼。胖婶儿道："优秀？唉，倒也是，钱挣得让俺花不完。对了，姑娘，你一定很奇怪吧？那一家子人咋变了样儿？我告诉你啊，都是你这个优秀的同事一手干的。"张智同有些恼火地喊："妈！"

胖婶儿剜了他一眼，说："又不是不光彩的事儿，还怕曝光啊？"又接着说："他呀，从海南回来，就开了纸厂，听俺说了你的事，就把那两个男娃弄到厂里当了工人，当然，是有条件的，得把房产证还给你，而且以后永远不得欺负你，否则，俺这个优秀的儿子就要通过法律手段收拾他们了。"

听着听着，余锦欢心里像打翻了五味瓶，酸的辣的甜的咸的，什么味道都有。是啊，一切倒是真相大白了，可为什么偏偏是这个样子的？偷眼看过去，张智同脸上也没有任何表情，就跟没事儿一样，只管零零星星慢慢地嚼着菜，仿佛胖婶儿说的事情都与他无关，那样子，是既然拦不住唠唠叨叨的老太太，那就听之任之吧。

看来，这个昔日的房管处处长确实变化很大，不再像以前那么锋芒毕露意气风发了，而是谦逊谨慎了许多。

胖婶儿打了个嗝，说："哎呀，又吃多了，医生又要批评俺了。"然后就笑呵呵地离开了桌子，蹭到早在一边搭积木的乐乐身边去了。张智同还在仔细地嚼着花生米，余锦欢只得陪坐着。

张智同扭头看了一眼远远在一边的一老一小，然后回过头，小声地问余锦欢："梅西娅到底哪里去了？我问了南风曲公司所有认识的人，都只说到南方去了，具体什么地方竟没一个人知道。"余锦欢瞟了他一眼，又低下头去，想，除了……那件事，这个男人还真有几分让人叹服的意志和勇气，坚持等待这么多年，怕也是守着跟梅西娅那种"木头"一样的信念吧，只可惜，这两人终归都守成了一个空……余锦欢的心又隐隐作疼，一想起那个死丫头，她就心疼。

不由得叹了一口气。想了想，余锦欢还是站起身，走进卧室里，从梳妆台那个锁着的抽屉里取出了那封信。

果然，张智同才扫了几眼，脸色就越来越白，最后竟失控地站起来，叫道："不可能！梅西娅！梅西娅啊！"胖婶儿一下子冲过来，搂住她的儿子，连声问："同儿，咋的了，啊，咋的了？！"

张智同推开他的母亲，重新跌回到椅子上。胖婶儿看着余锦欢，满眼的焦虑。

余锦欢走过去，拉开胖婶儿，示意她继续跟乐乐去玩。胖婶儿不出声地站了一会儿，就拉开门走了。

张智同把信重新展开，白着脸又看了一遍，最后还是叫："梅西娅！梅西娅！梅西娅啊！"每一声都嘶嘶哑哑的，一只手还不停地揪扯着胸脯，仿佛这样就可以把梅西娅给揪出来，揪着揪着，人就慢慢滑到地上去了，头也埋进了两个臂膀之间，整个上半身全都伏在椅子上。余锦欢不由得担心起来，就犹犹豫豫地绕过桌子去拉他。张智同却突然间剧烈颤抖起来，但没有任何声音。余锦欢把散落的信捡起来，泪眼婆娑地坐回桌旁。

也不知过了多久，张智同终于撑着椅子站了起来，直接扯起衣服将满脸的眼泪鼻涕狠狠地擦掉，又闷声道："这不是真的！她怎么会死？她怎么会……爱着自己的养父？余锦欢你告诉我，这不是真的！不是真的！"余锦欢知道，张智同是太受打击了，如果梅西娅守着的那个"木头"是跟张智同一样年轻而优秀的小伙子，那么，纵然他默默等来的最终还是一个空，但也不会如此痛不欲生，至少，没有如此的挫败感。

然而，事实恰恰就是这样，余锦欢能说什么呢？不让他知道真相？让他一直抱着梅西娅也许还活着的一线希望永远等下去？那么，自己不就真的成了暗杀张智同的刽子手吗？与其让他守着对死人的希望生活一世，还不如让他早一点痛苦地了断这份只有他一个人的爱情。

张智同红着眼，像头愤怒的公牛，气咻咻地走了过来。余锦欢"噌"就从座位上站了起来，下意识地向厨房退去。

张智同抠住她的肩膀，使劲摇晃着："梅西娅不会死的，不会的！她那么冰雪聪明的一个人，是不可能死的，我一定会找到她，你给我等着！"然后突然就撒了手，摇摇晃晃地向门口走去。

一切都静了下来，乐乐也不知什么时候歪在地上睡着了。余锦欢把乐乐抱上床，自己就和衣躺在他的身边，脑袋里面一会儿是梅西娅，一会儿是张智同，想着想着，不知什么时候竟然睡着了。

第二天早上，太阳都照到床上了，余锦欢才醒过来，乐乐却还睡得正香。自己这一觉睡得太沉，只怕早就过了送乐乐上幼儿园的时间了吧？赶紧奔到客厅一看，餐桌上一片狼藉，梅西娅的信还飘在昨天张智同坐过的那把椅子上。

余锦欢突然觉得自己有一种前所未有的轻松。梅西娅丢给自己的这个秘密，独自背负了这么久，其实，直到现在，她才知道，最应该了解真相的，除了自己，还有张智同。不管梅西娅是个多么独一无二的女子，当她不再存活于世的时候，就不应该再去影响另一个人的生活。如果真的有在天之灵，梅西娅一定不希望自己留给别人的是永远的伤害。余锦欢甚至感觉到，当初梅西娅留这封信给自己的时候，可能就暗含了要告知张智同的意思。

他们俩应该是一直没有中断往来，确切地说，是张智同一直在通过各种渠道，随时掌握着关于梅西娅的消息，不然，珍珠项链不会是那么大的一个圆，手链也不会在手腕上足足缠上四圈，而且是两对。张智同对她的深情，梅西娅本人比谁都清楚。有好几次在余锦欢家里，梅西娅都欲言又止地说到过张智同，只不过，那时余锦欢对张智同怀着刻骨的反感与仇恨，每逢有"张智同"这三个字的时候，她就故意装没听见，或者干脆岔开话题。现在总算有了个了结，至于结果怎样，就只能看张智同自己了，反正我余锦欢该做的都已经做了。

收拾完餐桌，余锦欢准备去叫醒乐乐上幼儿园，眼睛却瞥见了挂在门后的包，这才记起今天已经不用上班去了，不禁哑然失笑。也好，先休息一天，反正也不急在这一时，明天再说吧。

晚上，钟天福提着一袋子香蕉什么的进了门。余锦欢把昨天剩的菜热了热，三个人正香香地吃着，电话响了。乐乐跑过去接了电话，喂了一声，突然就冲着电话兴奋地大叫"姥爷姥爷！"余锦欢赶紧冲过去，一把夺过电话。

爹说，也没什么事，就是妈想乐乐了，要他打个电话来问问。余锦欢不相信，她知道，如果没有特殊的事情，爹绝对不会跑到山下的陈大个子家去打什么电话。架不住余锦欢的反复追问，爹说："实在是你妈想乐乐了，她现在怪多心的，腿摔了一下，就整天七想八想的，怕见不到乐乐了。"余锦欢这才弄清楚，妈搭别人的摩托车到镇上去赶人情，因为路况太差，竟从摩托车上摔了下来，右腿骨折，在镇上住了院，才回到家里，现在还不能下地。

余锦欢就慌张起来，也不知说些什么才好，就只在电话里一个劲儿地说："你跟妈说，我明天就带乐乐回来！"其实，自己压根儿不相信爹那些轻描淡写的话。妈肯定摔得十分严重，也许从此就一辈子瘫痪了也说不定。

爹妈果真是老了，要是搁在以前，他们一个字儿也不会透露。看来他们也脆弱了，也想要找自己的女儿靠一靠了……眼泪就涌了上来，余锦欢再也顾不上吃饭，赶紧动手收拾东西。

已经是后半夜了，余锦欢还是睡不着。脑袋里面就像开了个杂货铺，东东西西，坛坛罐罐，什么都有。她想这么多年来，自己在这个城市里的生活和工作，想晃动在这些工作和生活中的人和事，想这些人和事是怎样让自己一点一点变成了现在的这个余锦欢，想现在的这个余锦欢明天就要踏上那条无比熟悉的老家路……想着想着，一个念头越来越强烈：回去！回老家去！回拐枣树坡去！现在正枕着睡觉的这个房子，它并不是我的家，我的家不在这个城市，而在拐枣树坡。那里有实实在在的土地，那里有快快乐乐的山风，那里有朴朴实实的乡亲，那里有牵肠挂肚守望自己的爹和妈……

可是，房子怎么办呢？余锦欢看了看身边正酣睡的钟天福，想了一会儿，心里顿时就有了主意。她蹑手蹑脚地摸到客厅，打开灯，找来纸和笔，很快就写好了委托书。写完后，又把客厅扫视了一遍，找来一个袋子，把乐乐的玩具捡了几样装好了。做完了这些事儿之后，困倦终于袭来，余锦欢摸上床，倒头睡去。

早早地吃过早餐，余锦欢去买了一个巨大的红蓝条纹尼龙包，然后把所有的衣服都装上了。钟天福一声不吭地看着她做完这一切，最后还是忍不住问道："怎么？要搬家？"余锦欢抬起头，望着这个断腿男人，像盛开的花朵一样灿笑了，然后告诉他，自己有事儿要回老家去，这段时间你就别来了。钟天福嘿嘿笑了："哦，原来是这样。好，那就等你来找我。"

锁上门，余锦欢让乐乐扶着楼梯小心走，自己背了个小包，再拖上庞大的尼龙包，就下了楼。钟天福说："干嘛这么着急？我送你们到车站去。"余锦欢说："不用了，我还有件事儿要去居委会交代一下，正好叫辆麻木车，一顺溜就到。"于是，两个人就在楼下分了手，余锦欢向右，钟天福向左，谁也没有回头。

上麻木车之前，余锦欢把委托书又拿出来重读了一遍，就想起梅西娅在留给自己的信中说，"这些年来，我没什么积蓄，除了寄钱给家里，就都捐给老家的一所儿童福利院了"，心里就笑了。

到了居委会门口，跳下车，余锦欢径直去找胖婶儿。胖婶儿正在一个本子上写着什么。余锦欢喊了一声"阿姨"，就把装着钥匙、房产证和委托书的纸袋子放在了胖婶儿的面前，说："麻烦您了，阿姨，谢谢！再见！"胖婶儿只来得及"哎"了一声，就见余锦欢已经扭身钻进了麻木车。

　　麻木车跑得飞快，在呲呲作响的风中，余锦欢的心也飞了起来。她想，那所曾经承载过自己无数悲喜的七十八平方米的房子，要不了多久，就会成为那些特殊的"小禾苗们"成长的乐园啦。

十九

　　到了车站，买票的三个窗口前都用铁质栅栏隔开了，靠近大厅这边栅栏的尽头，虽然人们也排着队，但队与队之间的界线全都模糊不清。"拐枣树坡"四个红字，就夹杂在一系列竖排的地名之间。余锦欢一手牵着乐乐，一手拖着鼓鼓囊囊的尼龙包排在队伍的末尾。其实也算不得末尾，因为排队的速度永远比买票的速度快得多，永远有人波浪一样接续上来。

　　挤在人群中的乐乐跟着队伍走了没多远，就开始扭来扭去，不停地嚷嚷着要出去。余锦欢自然是不会放手的，乐乐便越来越烦躁，一会儿要抱，一会儿要背，一会儿又要下地，总之是前不对后也不对，左不是右也不是，余锦欢渐渐被折腾得失去了耐心。母子俩因此招惹了不少的目光，特别是乐乐前面一个满脸皱纹的中年男子，开始还只是频频回头，后来就倒退着，转过脸弯下腰，不断逗哄着乐乐，他甚至还从旧旧的帆布包里拿出一个苞谷粑粑给了乐乐。余锦欢很是惊喜，一眼就看出他是白果村的人，用那样肥厚的芭蕉叶包着那样金灿灿的苞谷粑粑，正是白果村的特色。白果村就在回拐枣树坡的倒数第二站，来来往往的途中，车子每经过白果村，十有八九，余锦欢总会看见那里的人们啃着苞谷粑粑。

乐乐的注意力终于转移了，开始安静地吃苞谷粑粑，可惜没吃两口，就吐到了地上，还把手里剩的也扔到了地上。余锦欢心里十分愧疚，忍不住呵斥乐乐，乐乐嘴巴一瘪，就哇哇大哭起来。中年男子忙说："没得事没得事。"一边就抱起乐乐颠动着哄。正不可开交，偏偏后面的人又催了，余锦欢回头一看，才发现尼龙包被卡住了，根本拖不进栅栏。她心里掂量了一下，如果背在身上，肯定会碰来撞去，终归是要招人嫌的，于是就跟喊她的妇女说自己先去放包，回头再来还是排她的前面。顶着一头鬈发的妇女翻了翻眼睛，满脸不高兴地说："早先干什么去了？这么大的包堵着，真是烦人！"余锦欢一边道歉，一边仄着身子走出去，把尼龙包拖到靠南侧的角落里，放好后，一起身，看见东侧的一个老太太正打算坐下来，余锦欢就把尼龙包拖到老太太的面前，请她帮忙照看下。老太太开始没听清，余锦欢指着包比画着又大声说了一遍，老太太便慈眉善目地点头笑了。

余锦欢重新挤进队伍，好不容易就要接近中年妇女了。这时，中年妇女恰好偏了下头，余锦欢绕过鬈发看过去，却没见到她前面的乐乐。余锦欢的心"啪"的一下，就像是被雷电劈开了。她慌慌地扒着前面的人问："看见我儿子没？"好几个人都惊讶地看着她说："不是跟你一起的那个人抱着出去了嘛。"余锦欢的脑袋轰轰直响，她本能地靠住了栅栏。

好在眩晕一会儿就过去了。余锦欢赶紧撞开人群冲出大厅，可是哪里看得见乐乐的影子？她狂喊着"乐乐乐乐"，张着两只胳膊在车站巨大的广场上跑来跑去，活像一只失去了方向的母鸡。

一个保安走了过来，扯住她，问到底怎么回事。余锦欢语无伦次地说了一大堆，保安终于听明白是她的儿子被一个陌生男人抱走了。保安要她描述一下那个男人的相貌，余锦欢只顾瞪着铜铃样的眼睛，热气腾腾地望着他。保安迟疑了一下，先是放开了手，很快就又扯着她往站内走去。

余锦欢被拉到二楼的一个房间里，几个穿制服戴锅盖帽的人正坐在那里聊天。保安跟他们说了一通，有三个人很快就跑出去了，剩下的那个人开始拨打电话。保安给余锦欢倒了一杯水，她几乎是一口就把水喝下去了，保安目瞪口呆地望了她一阵子，又给她倒了一杯端过来，她又两大口就喝下去了。

三杯水喝完了，余锦欢呆滞的目光总算活了些，一下子就看到了桌上的电话，于是猛扑过去，想给胖婶儿打个电话，可又想不起号码是多少，只记得胖婶儿桌上的那部电话是红色的，她曾扫过几眼上面用白胶布贴着的号码。穿制服的小伙子给她拿了一本厚厚的书，让她自己翻找。余锦欢哆哆嗦嗦翻了好几遍，终于查到了仁和路居委会。

　　正好是胖婶儿接的电话。余锦欢一听见胖婶儿有点沙哑的声音，眼泪就汹涌着出来了，话也说不成句了。胖婶儿在那边不停地问："姑娘俺正要找你，你在哪里？"这边余锦欢只是噎着气说："乐乐……乐乐……"穿制服的小伙子从她手里抢过电话，说："这里是长途客运站，她的孩子丢了，你是她的什么人？"那边"啊"了一声，立刻挂了电话。

　　穿制服的小伙子也要求余锦欢描述下乐乐和那个男人的长相、穿什么衣服、有什么显著的特点，还让她尽量描述详细点儿，说这样才好广播。可惜她耳朵里像是团了一股气，嘴巴里发出的声音全是嗡嗡嘤嘤的，连她自己都听不清楚自己在说些什么，而且她的眼前总是闪现乐乐被那个男人死死抱住在人流中奔跑的样子，乐乐在拼命挣扎，乐乐张着嘴巴叫不出声，乐乐就要喘不过气了……余锦欢说着说着就往门外跑，但很快就被保安摁回到了座位上。

　　小伙子拍了一下桌子，吼道："你能不能冷静点儿？"屋子里的空气突然就凝固了，余锦欢直直地立在座位上，就像被定住了一般。正僵着，出去的三个制服前脚跟后脚地回来了，各自碰了一下头，确定那个男人已经抱着孩子出了站，说出站口的保安看见他们经过时，还多瞅了两眼。因为乘客出车站，一般会走环形走廊，虽然绕的圈子大一些，但要安全得多，而且顺道，出站口旁边的人行通道虽说近一些，但不仅狭窄，还得横穿停车场，自从车站的环形走廊投入使用后，出站口就几乎只剩车道了，人已经很少走了。

　　余锦欢激动不已，以为就要找到乐乐了。眉毛里长着一颗肉痣的制服深深地看了她几眼，说："出站了麻烦就更大了，我们要赶紧给各个派出所联系。现在关键是你自己要保持理智，把你知道的情况都说出来吧，不要有任何遗漏。"

　　有两个制服又出去了，余锦欢慢慢滑坐下来，长着肉痣的制服走到她旁边说："别急，这样，你先做几个深呼吸。"余锦欢长长地吸了几口气，心神总算是回归了一部分，她想起金黄耀眼的粑粑，想起皱纹密布的那张脸，想起那个人说"没得事没得事"……她想到哪里就说到哪里，喃喃地说，碎碎地说，溪流一样自顾自地说。

　　打断她思路的是胖婶儿。胖婶儿一只胳膊环着她，另一只手循环往复地从上往下抚她的背，不断在她耳边说："姑娘甭担心，乐乐一定会找到的，一定会找到的。"胖婶儿厚实的胸膛和手心的温度，让余锦欢安定了许多，她抬起头来，看见张智同跟着那个长肉痣的制服出去了。

　　保安劝她们先回家，说一有消息就会马上通知，但余锦欢说什么也不愿离开。胖婶儿说："姑娘，俺们可不能这样，车站人来人往，各种突发情况多，俺们可不能妨碍人家办公。"余锦欢两眼巴巴地望着胖婶儿说："我就坐在这里，不出声还不行吗？"胖婶儿帮她把脑门上的头发捋顺，说："俺们不回家，俺们到大厅去等好不好？"余锦欢这才跟着胖婶儿走了。

　　两人来到拥挤的大厅里，原先那些排队的人早已不见了，全都是生咯咯的脸孔。余锦欢感到钻心的痛，简直都迈不动脚步了，胖婶儿几乎是拖拽着她往角落里走。一个老太太迎着她们走过来，说："丫头你怎么才来？你的包还在我这儿哪。"声音很大，脸上却笑眯眯的。一个平头小青年也走了过来，满脸的不耐烦，冲她们嚷道："你们怎么回事？本来我奶奶能赶早班车回去的，票都买好了，为了帮你们守东西，只能改坐明天的车了，她年纪大了，耳朵又聋，你们还真是忍心！"胖婶儿连忙道歉，冲小青年暗暗指了指余锦欢，走到小青年的身边，悄悄地说："孩子丢了，不然也不会半天不来。"小青年愣了一下，转身提来了余锦欢的尼龙包，扶着他奶奶慢慢走出去了。

余锦欢心里想着应该跟老太太说声谢谢，可就是没张口，她坐在尼龙包上，靠着墙角，就不想再站起来了。午饭是胖婶儿一个人吃的，给余锦欢买来的面条，只是被她睃了一眼，好像睃了一眼她就已经饱得吃不下了。余锦欢仿佛坐成了一尊泥塑，一直没起身，连厕所都没去过，这一坐，就坐到了下午四点半。

四点半的时候，张智同进来了，先是从人群缝隙中目不转睛地看了一会儿余锦欢，然后走到她身旁，慢慢蹲下来，沉默地盯了她一阵，最后才握住她的手，轻声说："找到乐乐了。"余锦欢把平视前方空空茫茫的目光收回来，眼皮开合了几下，极缓地转过头，看向他的嘴唇。张智同说："走吧，我们接乐乐去。"余锦欢懵懵懂懂地顺着张智同的牵引站起身，不料却根本站不起来，整个人直往下坠。胖婶儿说："你看看你看看，坐这么长时间，血都坐痴了。"

胖婶儿吩咐张智同架着余锦欢，自己则两手握成空心拳，把她全身上下拍打了一遍。余锦欢慢慢活泛过来，胖婶儿就扶着她，张智同把尼龙包扛进自己的车放好，三个人逶逶迤迤地上了警车。

除了司机，车上还坐着三个穿制服的，那个眉毛长肉痣的也在。车子一启动，他们就议论开了。坐在司机后面的人说："见过笨人，没见过这么笨的人，拐了人家的孩子还要买鞭炮放，生怕别人不知道。"副驾座上的人扭过头大笑："哈哈哈，不懂法的人吗，以为拐个人跟顺个包没什么区别呗。"长肉痣的说："你这观点我不同意，不懂法固然是一层，但你还别说，有些人就是这样的，可能顺个包他还真做不到，他会认为这是偷，是特别可耻的行为，可是拐人家的孩子，他反而认为就是正当的，因为他没有孩子，而且他自以为会把孩子养得更好。"另两个人都摇头。司机后面那人道："说不懂法还算说得过去，说他自认为是正当的，所以没有罪恶感和羞耻感，老李你这算什么逻辑？绝对不可能。"老李说："那他为什么不遮遮掩掩的呢？逻辑不能用来分析一切嘛，比如人的情感，就没办法用逻辑来解释。"司机后面的人说："老李你可以啊，动不动就上升到多高的高度上去了。对了，听村长说那个人其实平时特别老实？"副驾座上的人说："哈，恰恰相反，看起来老实的人往往是最不老实的啦。"老李道："这个人恐怕还真是老实巴交的，他确实是想儿子想疯了，他们家已经是三代单传了，到他这一代，都已经绝了后了。"副驾座上的问："未必是他老婆不能生育？"老李说："如果是他老婆不能生育，恐怕他还会想别的办法来解决这个问题，呵呵，关键是他自己不能生育，十几年了，到处治病，正规医院都告诉他不用治，可他偏偏不信邪，医院不行就找偏方，用了偏方不行又进医院，七折腾八折腾的，把家折腾空了不说，连老婆也被折腾跑了。"副驾座上的笑："那可能真是神经病了哦，至少算得上是个偏执狂，哈哈。"

　　余锦欢听得时断时续，多数时候听得不够真切，但"神经病"几个字却听得清清楚楚，不由得更加紧张起来，脑袋就从胖婶儿的肩膀上支起来了，人也往前倾，打算再多听点儿什么，可惜他们却都住了嘴，倒是她的头突然就碰在了前排座位上，一时眼前金星乱冒。张智同一手扶住她的后背，一手扶在她的颈下，轻轻地将她扳回到胖婶儿的肩膀上。胖婶儿说："反正有空位，姑娘你干脆躺一会儿吧。"余锦欢却没听进去，身体很快就弹回去了，双手抠住前排的座位，眼睛紧紧盯着方向盘，一心巴望车开得快点快点再快点。好在速度确实很快，说话间就早已出了城，路旁的树、庄稼、房屋唰唰而退，虽然看不见风，但车子却分明是在劈风斩浪。

果然是回老家的路，经过三个多小时的急驰，车子终于在白果村村委会小小的院场里停下了。村支书带着几个人急急地迎上来，说周明诚家亲戚还没散，是不是等一会儿再去。坐司机后面和副驾位置的两个人异口同声地说："还等什么，肯定得马上去。"老李看了看余锦欢道："你决定吧。"余锦欢什么也没说，扭头就往场院外走。老李对同来的那两人说："到了之后你俩看情况，如果人家确实够老实，就悠着点儿，不要急着亮家伙，毕竟人家以后还要在这里生活。"副驾位置的人道："哟，怪不得你要我们都穿便衣呢，怪不得我们所里人都说老李天生就有慈悲心肠呢，看来一点儿都不假哦。"老李说："不是天生的，是后天养成的，等你到了我这把年纪，你也有了。"

一行人先是平着走了一小段路，接着就开始爬坡。坡不算太陡，但一直是斜斜向上的姿势，走着走着，人户便越来越稀，路也越来越窄，倒是那股傍路而下的水流越来越急了，浅沟也变成了深沟。走了大约半个小时，一座高山突然就横在了前面，又大又圆的月亮似乎刚刚从山顶上冒出来，一伸手就可以摘下的样子。路也随着来了个九十度的转向。东面不远处，一股不算粗壮的瀑布高高地挂下来，落在路旁不远的地方，然后又爬过路面，一头跌进了沟里。一行人跳跃着走过铺在水流中的那几块大石头，再经过不知种着什么的菜园子，就到了土墙土瓦的屋檐下。

窄窄的场院里立刻站起来两个人，冲屋里喊："明诚哥，来稀客了来稀客了。"支书对那两个人说："明亮叔，你们赶紧散了吧，家里去。"话音未落，周明诚出来了，随后又跟出来三个人。余锦欢没看见乐乐，就一边大叫"乐乐乐乐"，一边往屋里闯，却被周明诚一把抱住了。老李他们三个人迅即围上去，把周明诚的胳膊掰开，顺势就把他的双手给铐上了。

这时张智同已经把乐乐抱出来了。乐乐手里还举着饼干，一看见余锦欢，就挣扎出了张智同的怀抱，扑向余锦欢。余锦欢紧紧搂住乐乐，眼泪顺着她和乐乐脸贴脸的地方流下来，流进了脖子里，乐乐大约是觉得不舒服了，使劲往外别开脸，又把饼干喂进余锦欢嘴里，说："妈妈不哭，妈妈吃饼干。"

周明诚冲屋里大喊："周明英！周明英！"一个中年妇女就躲躲闪闪地走了出来。周明诚炸雷似的吼道："真是屁用都没有，我的小孩呢？你快点给我夺回来！"村支书喝道："明诚叔，你也是天天吃黄金粑粑的人，怎么尽说些昏天黑地的混账话？你快住嘴，莫把我明英姑也连带进去了。"周明诚蹦了几下，如果不是老李他们摁着，他乱蓬蓬的头似乎就要蹭上支书的脸了，嘴里还直嚷："呔，周中海，明明是我养的小孩，你凭什么带着这些人来抓我？你这个猪肘子尽往外拐的家伙，人家都怕你，我可不怕你，你等着，周家老祖宗会找你算账的！"支书没理他，只是催周明英他们几个人散了。其他人都疑疑惑惑地走了，只有周明英还矗立在场院里。支书说："也好，明英姑你后一步走吧，一定要把门锁好了。"

　　余锦欢转身离开时，才发现周明诚的偏屋其实已经坍塌了，似乎还有一半搭在堂屋的外壁上，影影绰绰的样子像个体力不支的老人。余锦欢心里莫名就惊了一下，好在张智同走在后面，也容不得她多看。经过那几块大石头时，因为只能单人通过，和老李一起的那两人就一前一后错开了，冷不防周明诚突然掉过头来，"扑通"一声跪在了水里。老李反应最快，一脚跳进水里去拽他，周明诚却不肯起来，喊道："妹子求求你求求你求求你，你把小孩还给我，我给你磕头给你磕头。"然后就捣蒜般地磕起头来。老李他们合力把他给架了起来，月光下，余锦欢看见周明诚像一条面目模糊的鱼，满头满脸都是水花。

　　回到城里，已近凌晨一点了。下了警车，余锦欢对老李说："从轻吧。"老李重重地握了下她的手，什么也没说。

　　看着警车在月光与灯光的交互辉映中走远了，三个人这才上了张智同的车。张智同问胖婶儿："妈，往哪儿开？"眼睛却从车镜里望着余锦欢。胖婶儿说："当然是回俺们家了。"余锦欢说："谢谢阿姨，我回自己家去。"胖婶儿笑道："姑娘你别忘了，你的房子都委托给俺了，现在俺可比你有决定权，就去俺家住一宿。"虽然明白胖婶儿是开玩笑，余锦欢却不知说什么好了，加上又饿又乏，就只微弱地补充了一句："我回家去。"

　　胖婶儿上楼前，从包里掏出纸袋子递给余锦欢，说："姑娘，再过两年，俺就在这个城市生活五十个年头了，俺比你更了解这个城市，它绝对不会拒绝任何人，你要听俺的话，甭想东想西的，只管在这里安心生活就是，明天俺再来看你。"

　　余锦欢抱着熟睡的乐乐上楼，张智同也跟了上来。余锦欢没有回头，只说："谢谢你，不用送了。"张智同说："这么大的包，还不让人送？"余锦欢这才想起还有个尼龙包，就靠在扶梯上说："就放这里吧，我把乐乐送进屋再回来拿。"张智同也不搭话，径直超过她上楼去了。余锦欢也没力气多说什么，只好随他了。好不容易站到门口了，余锦欢却没有掏钥匙。两个人僵了一会儿，张智同说："不要想多了，东西总要放进去。"就从余锦欢手里取过纸袋，掏出钥匙开了门。

余锦欢把乐乐一放到床上，整个人就瘫了，在床上躺了一阵子，又觉得胃里像有什么在抓挠，特别难受，就又挣扎着起来，打算去弄点水喝，却听见厨房里有响声。她跌跌撞撞地走进去，看见张智同正开了煤气在煮着什么，就怔住了。张智同回过头来看了她一眼，很快就又转过身去，对着噗噗作响的锅说："面条一会儿就好，你先坚持下。"

余锦欢在餐桌边坐下，心里一下子就被沮丧填满了。果然，不一会儿面条就端了上来，里面还卧着两只荷包蛋。张智同倒也不客气，给自己也盛了一碗。余锦欢尽量把脸别向一边，不看面条，不看横在碗上的筷子，可是听见张智同吱溜吱溜吃面条的声音，又觉得有无数的香味儿直往身体里乱蹿，空空的胃里更像有一只磨盘在转来转去，就只好把脸埋进面条碗里。

吃完了一碗，余锦欢还是觉得饿，就不由自主看了一眼张智同。张智同微微笑了一下，说："没有了，你已经饿了这么久，不能一下子吃太多了。"说罢，起身给她倒了一杯滚烫的水，重新在餐桌旁坐下。

两个人都沉默了。良久，张智同说："我知道你心里一直绕不过去，其实我也一直想向你道歉，也不是求你原谅，只是希望你不要背负耻辱过一辈子，我那时真的是太浑蛋了，不知为什么就要伤害你这样一个极度心善的人。"

余锦欢呆住了。这么多年，高傲的张智同，宁愿用行为暗暗赎罪的张智同，终于亲口承认了他的错误！余锦欢脑袋里一片混乱，水也不吹了，光是傻傻地望着杯子。张智同又说："你要实在想不开，就当是被一个精神病人给咬了，这样也许会好受些，但无论如何，你都要留在这个城市，在这一点上，你千万千万不要动摇不要退缩，好不好？"

他紧紧地看住余锦欢。余锦欢没有回答，也没有抬头。张智同长叹了一口气，又说："我们每个人都不光是为我们自己活着，对不对？大的就不说了，至少我们有家人，比如你有乐乐，有父母，有兄弟姐妹，你是代表自己也是代表他们来到这个城市的，从一定程度上说，这个城市就是你的家你的生活你的人生，它和你是一体的，当然，它也像你的身体一样，会出毛病，会让你伤心甚至绝望，可你想想，这世上难道真的就有不让你受委屈的地方吗？你可能会说，有，老家就可以。你这么想，是因为你没有跳出自我，其实，你只要离开自我那么一点小小的距离，就会发现，你的老家同样承受不起你的期望，你不妨设想一下，如果你在老家生活一辈子，会是什么样子？是不是人生不如意的事情就不会降临了呢？是不是你就会永远幸运地享受它对你的庇护和包容？"

老家的快乐时光一掠而过，余锦欢摇了摇头。张智同起身给自己也倒了一杯水，说："老家给你的那些快乐和温暖，其实是秩序状态下的正常发生，比如你的父母兄弟姐妹都健康，都友爱，再就是，在你还没有机会经验人生的复杂和庄严时，正好蒙受了命运的恩典，比如你那时正处于童年和少年时期，可事实上，我们的人生远远不是这样的，这一切最终都会远去，对吧？"余锦欢不由得想起父母的衰老，想到哥哥的背井离乡和姐姐的远嫁，但她未置可否。张智同似乎也不需要她的回答，接着道："想想你父母的这一生，如果他们对生活或者生活的那块土地十分满意，那么你现在就不会坐在这里了，而是在他们的身边，重复他们的生活，可他们为什么不仅不要你的陪伴，还要拼命把你往外推呢？再说今天乐乐的遭遇……"

余锦欢打断他说："别说这个了。"张智同笑了："好好好，不说不说。我说这些，并不是要否定你的老家，否定那些美好，在你的心目中，在许多人的心目中，当然也包括我在内，老家就是自己心尖儿上的那点蜜，那我们何不让那点蜜在我们心里永恒甜美着呢？所以我要提醒你，既然是那么那么的美好，我们就要和老家保持适当的距离，一来是为了尽量客观地认识我们的老家，二来是为了守护那种美好的感觉，为我们自己留条后路，至少可以防止我们的内心世界突然塌陷。你琢磨琢磨，是不是这个样子的？"余锦欢认真想了想，觉得张智同的这一通理论，虽然听起来有些高深莫测，但又不得不承认，这些理论就像一把梳子，把她心底深处原来一直潜藏着的、却又十分凌乱的想法给梳理了一遍。

可是，不回老家，自己又没有实力走向别处，难道就注定要一辈子和这个伤心之地纠缠下去吗？张智同看见了她的犹豫："你还别说，我妈这个人虽然文化层次不高，但有时还挺厉害的，偶尔一句话，说出来也能把人惊醒，她说这个城市绝对不会拒绝任何人，言下之意就是，不是城市拒绝了你，拒绝你的是你自己，是你的心。其实早上她就在电话里说了你离开的事情，要我把你追回来，我本来想，也许过一段时间再去找你会更合适，但今天发生的事正好证明，这个城市其实是在挽留你，我们正好也可以从这件事出发，将一将你与这个城市的关系。先退一万步说吧，就算这个城市严重地伤害了你，就算它是个油锅，你也已经在里面熬过了煎过了，相当于它已经把底牌全都亮给你了，那么，它还能再伤害到你什么？你还有什么可怕的？相反，如果你当了逃兵，那就证明你之前吃苦受累换取的收获全都拱手送还给它了，而你自己除了一身的伤，什么也没得到，这才是真正的失败。不知道你怎么看待人生，反正我的认识是，人的这一生，酸甜苦辣本来是有定量的，只不过分布在每个人生命中的时段不同，所以我们经常说坚持就是胜利，其实说的就是从量变到质变的瞬间，所谓的胜利就是转悲为喜的刹那。比如你，承受了这么多的苦难确实非常的不幸，但实际上，你已经提前完成了你的原始积累，从此以后，你完全有足够的能力从容面对这个城市了，而且我坚信，你从容了，乐乐的未来自然也就稳固、清朗、广阔了。"

张智同将杯子里的水一饮而尽，笑道："我还从来没说过这么多的话，都成话篓子了，你休息吧，别急，一切都有明天，我走了。"一边就站了起来。余锦欢也跟着站起来，张智同却将她按回到座位上，说："放心，我会带好门的，另外请你答应我，以后不要拒绝我的帮助，行不行？"

不用抬眼，余锦欢就已经感觉到了他热切期盼的目光，便不由自主地点了点头。张智同出去了，刚掩了门，却又推开，伸进半个脑袋问："还有，我以后能不能随梅西娅一样叫你欢姐？"余锦欢心里顿了一下，定定地看着他，张智同和她对望了一小会儿，没再说什么，轻轻扣上门走了。

墙上的挂钟已经指向了三点，余锦欢却是睡意全无。张智同说的一些话总在耳边交替回响，挥之不去，弄得她脑袋里跟打仗一样，但身体又分明空乏至极。余锦欢强迫自己关掉客厅的灯，也没洗漱，就直接摸进了卧室。

这时乐乐忽然翻了个身，咯咯地笑了。余锦欢吓了一跳，赶紧拧开台灯，只见乐乐睁了下左眼，头一歪，又睡过去了，可是很快，笑意就又从他的嘴角一圈一圈扩散开去，过了好一会儿，才慢慢收拢了。余锦欢看着乐乐红扑扑的小脸，忍不住亲了他一口。

乐乐到底做了怎样奇妙而美丽的梦呢？余锦欢忽然想起老家流传的说法，在月圆之夜，只要把一个人一生中穿过的第一双鞋用红绳系在窗棂上，然后不眨眼地看着他的鞋子，听着他的呼吸睡去，就一定会进入他的梦里。乐乐穿的第一双鞋是梅西娅送的手工老虎布鞋，和头带、肚兜一起，全都用布包好了收在一个纸盒里。

余锦欢系好鞋子，把窗帘拉开，将窗户开到最大，月光"哗"的一下就淌满了整个屋子，然后她在水一样的床上躺下来，一只胳膊环住乐乐，将呼吸跟乐乐调成一致，两眼紧紧盯着微微摆动的小小老虎鞋，静静地等待睡眠的到来。